エッセイ集

詩の音

中村不二夫

装画　渡辺　亘章

エッセイ集　詩の音＊目次

I

II

Ⅲ

Ⅳ

Ⅴ

装画　渡辺亘章

エッセイ集　詩の音

I

エロスと母性の解放
――モランテ『アルトゥーロの島』――

1

エルサ・モランテ（一九一二―八五）はイタリアを代表する女性作家。『アルトゥーロの島』はその代表作の一つ。今回その不朽の名作が、中山エッコの新訳で河出書房新社・世界文学全集（池澤夏樹編集）の一冊に入った。長編ではあっても、一章一節ごと、中山の密度の高い詩的文体の翻訳に衝撃を受けた。

まず物語の内部に入っていく前に扉詩を紹介しておきたい。

レーモ・Nに

きみが地上の小さな一点だと信じていたものは
すべてだった

このただひとつの宝を愛しむ、きみの眠る目から
この宝が奪われることは決してないだろう
きみの初恋が犯されることはないだろう

それは清らかなまま夜のなかに閉じこもる
黒いショールに包まれたジプシー娘のように
北天の空に浮かぶ星
その永遠の星にどんな罠もとどかない

アレクサンドロス大王とエウリュアロスよりも美しい
永遠に美しい若い友たちがわたしの少年の眠りを守る
恐ろしい旗は決して入ってはこないだろう
その天上の小鳥に

そしてきみは、知ることはない
多くの人が知りわたしも知った、
——そしてわたしの胸を砕いたこの掟を

「辺獄《リンボ》の外には至福《エリュシオン》の地はない」

本著は、大久保明男訳『禁じられた恋の島』というタイトルで、すでに一九六四年に邦訳されている。そして、同タイトルで日本でも映画が公開。一九六二年、サン・セバスチャン映画祭で最優秀映画賞受賞。

物語は一九三〇年代末、主人公はナポリ湾の小島プロチダに父と二人で住む十四歳の少年アルトゥーロ。小説の展開は少年が十六歳となり、家を出るまでの回想形式。父はほとんど家にはおらず、島を離れると、突然予告なくぶらりと家に帰ってくる、その繰り返しで、どんな仕事に就いているのかも分からない。しかし、少年には特段、経済的不自由さはない。少年は父がこうして家を空けるのは、冒険の旅に出るためだと崇拝してやまない。彼の子守役はシルヴェストロという少年だが、その少年が島を去った後は愛犬と共に孤独な日々を過ごす。アルトゥーロの興味は読書と詩作。ある日、父が何の前触れもなく、少年とは二つちがいの若い妻を伴い帰ってくる。少年ははじめこの継母に、激しい敵意と蔑視の感情を抱くが、やがてそれは思慕の情へと変わっていくのに時間はかからなかった。そして、その後、継母ヌンツィアータは男の子を生む。

中山エツコは本著の解説で、この二人の内面の交錯をつぎのように捉える。

主人公がこの美しい時代を惜しみつつ困難な成長過程を歩むかたわらで、ヌンツィアータも少女から妻、母へと成長していく。アルトゥーロとは異なり、ヌンツィアータは自分に起こる変化を自然に受け入れていく。エロス、母性愛、現実性、神話性を合わせもち、しばしば動物的で野性的な表情を見せる彼女は、循環していく自然の摂理や生命を体現しているようだ。

ここでの中山の解説のように、この物語には継母ヌンツィアータのカトリック信仰によって支えられたエロス、母性愛、現実性、神話性の表出の仕方への検討がテーマとして出てくる。ここでは戦後日本のフェミニズム旋風の洗礼にあって消失した、継母に色濃く内在化する母性愛、神話性の特質に着目して読んでいきたい。

少年は継母への愛憎で屈折し、目の前で睡眠薬自殺を図ったり、その性的なはけぐちをサーカス上がりの女性に求めたりしてしまう。しかし、敬虔なカトリック信者の継母は、いくら少年を愛しても、義理の親子の垣根を越える安易な行動には出ない。このあたりは平板で情緒的な日本の小説とは一線を画す。

ある日父は、同じ船で護送されてきた囚人と一緒に島へ帰ってくる。そして父は、その囚人を家にかくまうが、少年はそのことに幻滅し、志願兵として戦場に赴くことを決意する。

2

『アルトゥーロの島』は一人の少年が青年期を経て、一人の男性へと成長を果たす抒情性の強い物語。この小説の舞台はナポリ湾の小島プロチダで、その時代背景には一九三〇年代末の戦争の影がある。たとえば、この物語の舞台を日本の瀬戸内海の小島に置き換えてみたとき、そこにはアルトゥーロと同じ多感な十四歳の少年がいるであろう。また『アルトゥーロの島』での外部現実としての戦争は、現在では大学受験や家庭での両親の不和ということであったりする。継母の存在にしても、その対象が女性教師や、すこし早く成熟した従姉妹に当て嵌めて考えられる。しかし、その前には恋しても愛せない社会的秩序という堅牢な壁が立ちはだかることになる。

少年の性を書いたものであれば、日本近代文学に室生犀星の『性に眼覚める頃』が一般に知られているが、そこでの主人公もまた、学校に行かず読書三昧。いわば『アルトゥーロの島』には、少年であればだれもが経験する自我の成長過程での性への目覚めが書かれている。いずれにしても、読者は自らの多感な十代の頃に思いを馳せ、この物語を味わうことになろう。

フロイトのエディプスコンプレックスによれば、自我の成長過程で男児は母親に強い愛情を抱く反面、同性である父親をその競争相手とみて敵対視する時期がある。いわば、成長期の少年の自我は父親に対しての自己同一化、敵対視というアンビバレンツの中で終始もがきつづける。そして、フロイトは、男児は父親に去勢されることの脅えから、それを「超自我」として乗り越え、そこでようやく近親相姦的欲望から解放されるのだという。この物語も、広義の意味では少年の父親に対するエディプスコンプレックスの範疇で考えられなくもない。しかし、主人公の少年は誕生と同時に母親を亡くすという不幸に遭遇している。そして、幼年期に子守りの少年シルヴェストロに育てられるという複雑な境遇にある。その意味で、ここでの少年の父親へのエディプスコンプレックスは内部に複雑化し、容易にはその実体がみつからない。

無神論者の父親とはちがい、継母は敬虔なカトリック信者であった。彼女の信仰する聖母マリアは、ポンペイの聖母、ロザリオの聖母、カルミネの聖母など複数いて、それをまとう衣服、頭にいだく冠などから、それぞれ見分けることができるという。

ここでの継母の聖母信仰は、聖母マリアを借りてのそれぞれの土着信仰の現われであろう。こうした土着信仰はキリスト教によって植民地化を余儀なくされるなど、キリスト教への改宗を迫られた地域に特有の現象であるともいわれる。カトリックは女性司祭を認めず、聖職者の妻帯も許していない。そうした硬直した男性原理に対峙して出てきたのが聖母信仰と言われている。教会や国家の骨格が男性原理によって構築されていることに対し、この当時のカトリックは母性信仰の導入によってそれを中和することに成功する。それと同時に、時代はヨーロッパの絶対王政下、一家の働き手である父親の家父長的支配が一気に加速化する。ここでギリシア、ローマをはじめ教会の政治的権利は、神の代理人としての家父長的支配の定着へと及ぶ。ここでの継母の存在は、そうした男性原理を批判的に相対化した論点がみられる。

竹下節子が『聖女の条件』という著書の中で、聖母の存在意義についてつぎのように述べている。

『聖女』が誕生する時は、例外的にドラマティックな生涯を送った人はもちろん、地味な人生だった人も、その『死に方』や『死後の部分』のインパクトが大きいことが多い。『死後の部分』というのは、人々がその聖女に託した思いの強さや祈りの深さや期待の大きさ、それに応えて与えられた『奇跡』の華々しさといったことだ。我々は、そこに、人々が聖性に持つイメージの実体や変化を観察することができるし、時代や場所を異にする苦しみや情念や愛の表現を通して、聖人システムが可能にする生死を超えた連帯と共感の可能性を探ることができる。

（「聖女の意味するもの」　P二三）

継母の聖母信仰とは、ここで竹下のいう「生死を超えた連帯と共感の可能性」ということになろうか。少年はその回想で、つぎのように継母の聖母信仰を分析している。

これらの聖母たち、その息子たち、あらゆる聖人、聖女たち、そしてイエス自身の彼方に、神がいるのだった。継母がその名を口にするときの口調からは、彼女にとって神とは、王でもなければ聖なる軍隊の隊長でもなく、天国の主人でもないのだと察せられた。もっとすごいものだった。それはただひとつの、近づくことのできない、孤高の『名前』なのだった。神には恩恵も求めないし、崇めることもしらない。とどのつまり、祈りや誓い、接吻を一身に集める聖処女たち、聖人たちの軍団の役割はこういうことだ。つまり、ひとつの『名前』の近寄りがたい孤高を守ること。この名こそ、地上また天上のことごとの数の多さに対置される、ただひとつの唯一性なのだ。神にとっては典礼も奇跡も願いも苦しみも、死さえもどうでもよいのだ。神にとってだいじなのは善と悪だけなのだ。

（「旅行鞄」より　P八八）

しかし、少年は継母の語る聖母の存在はもちろん、神の存在など信じていない。一方で豊富な読書によって自ら「絶対的真実の法則」とでも呼べるものを作って、これを生きていく上での指針にしている。

一、父親の権威は神聖である！
二、男の真の偉大さは、勇気ある行動をとり、危険をものともせず、戦いにおいてその力を見せることにある。
三、最も卑劣な行為は裏切りである。なかでも自分の父親、指導者あるいは友人などを裏切るのはなにより恥ずべき行為である。
四、プロチダ島のいかなる島民も、ヴィルヘルム・ジェラーチェならびに息子アルトゥーロと交わるに値する存在ではない。ジェラーチェ家の者にとって島民と親しくすることは品位を落とすことを意味する。
五、人生において母の愛にまさる愛情はない。
六、あきらかなる証しと人間のあらゆる経験は、神が存在しないことを示している。

ここでの少年の人生観は「父親の権威は神聖である！」など、男性原理の権威主義によって支配されている。ここで継母は「最後の日がきたら、その素晴らしく美しい永遠の生が、『冠をいただく至福の聖母』と並んで、笑いながら入り口に姿をお見せになる」と少年を諭す。ここが竹下節子の言う聖母信仰の特質部分である。

3

少年の継母への愛は屈折し、それはやがて異性愛という歪んだ形に変化する。エディプスコンプレックスでは、父によってそれは去勢されるが、ここでの継母は父の再婚相手で二つちがい。そして、肝心の父はほとんど家にいない。

ここで、多少繰り返しの主張になるが、継母の聖母信仰を基軸に物語の周辺を整理しておきたい。

一、ある冬の午後、放浪の父が、なんの前触れもなく再婚相手としてナポリの女性を連れてやってくる。少年は父に反感を抱き、死んだ母以外は母と呼べるものはいないと主張する。少年からみれば着古して形の崩れた服に身を包んだ継母は、かつて書物で知った高貴な女性ではなかった。少年は継母との初対面の印象について、「彼女が他の女たちと同じくらいに醜いことは、最初にひと目見ただけですぐにわかった」と書いている。

二、父は「女たちの意図といったら、生を堕落させること」「女という種族は無駄なもの」と断言。少年もそうした父の価値観に同意する。

継母は真の婚礼は天においての効力が要求されるものと理解し、キリスト教式婚礼の真の儀式を望んでいた。いわば、神による永遠の真実なしに男女は結ばれることはできない。そのため、父は継母と結婚するため、プロテスタントからカトリックに改宗している。そうしないと結婚できないからで、その本心は「おれのことだったら、モスクで結婚してもいいし、パゴダで中国式にやってもいい。ユダヤ教徒になってもいいし、預言者マホメットを信奉してもかまわない。どうせおれはどんな神も信じないのだから、どれだってておれには同じだ」（「改宗」P二〇八）という不信心者ぶり。さらに神父から悔悛の祈禱を迫られると、「おれにふさわしいのは褒め言葉で、悔悛の祈禱なんかじゃない」とぶち切れる。

少年は「眠れる女たち」というタイトルで詩を作る。その一節。

女の美しさは夜あらわれる
夜咲く花や、太陽を避ける
華麗なるフクロウのように
コオロギや、星々の女王、月のように
けれども女たちは知らない、眠っているから
まるで気高い鷲が
絶壁にある巣のなかで

息づかいも静かに翼を閉じるように
おそらくは、誰も見ることがないだろう
　彼女らの大いなる美しさを……

三、父は再婚しても、相変わらずの自由奔放ぶりで、あまり家には帰ってこない。無神論者というより、自我に執着し、あらかじめ神を必要としない人種のようで、そこには信仰的要素の入り込む隙間すらない。

　信仰心の篤い継母と冷徹な物質至上主義者である父とのコントラストは、読者に「神はいるか、いないか」という根本的な問題をつきつける。この二人は夫の精神的暴力による略奪婚によって結ばれていくというストーリー。

　エーリッヒ・フロムの『自由からの逃走』によれば、近代人は封建的な秩序から解放されて自由を得る一方、その享受において孤独感や無力感にさらされるという。つまり、現代人は自由を与えられながら、孤独感や無力感に耐えきれず、再び何かに依存し「自由からの逃走」をはじめてしまう。フロムは第二次世界大戦下、そうした民衆の不安がヒトラーという権威に結びついたとする。

　ここでは、人間には自由を得たいという欲望がある一方で、その自由の重さに耐えられず、やがて権威への服従を求めるという、近代人の自由への二面性が指摘されている。中世社会では職業の選択、移住などの自由はなかったが、個々の人間にはこうした孤独はなかった。この物語に敷衍していえば、自由奔放な父を近代人、継母を中世の人の象徴とみてもよい。

この物語の継母は、無頼で無信仰の夫、感受性の強い義理の息子、そうした抵抗物を前に、神の祝福を得て、その日常は信仰の力によって豊かに満たされている。

4

少年の自我を成長させたのは具体的には継母であっても、そこには信仰によっての内部変革という抽象的な効果はない。モランテの手法は信仰部分を継母の内面に一元化し、夫や少年をそこでの信仰の抵抗物として登場させることで、これを類型的な信仰物語に収斂させていかない。ここでの場面設定は、読者が信仰の意味を考える上ですこぶる重要。

少年は生後一カ月、子守りのシルヴェストロの手で港の教区に連れていかれ、カトリックの幼児洗礼は受けさせられている。少年が教会に入ったのは唯一その時のみ。

もう一つ特筆すべきは、この小説が女性作家によって書かれていることである。

それでは、ここでの継母の行動をフェミニズムの観点からみてみよう。母性愛を本能とはみない現在のフェミニズムは、母性愛を本能とはとらえず、必然的に継母の行動は否定対象とされてしまう。母性神話について、母が子供に本能的に無条件で愛情を注ぐことを意味するとすれば、フェミニズムはボーヴォワールの「人は女に生まれるのではない。女になるのだ」の言葉にあるように、断じてこれを認めない。

現在のフェミニズム的観点からみれば、子育ては母親一人が背負うべきではない、という考えがあり、彼女たちは子育て＝母親という近代的母性観からの女性の解放を唱えている。たしかに、母性を後天的な社会的現象とみれば、子育ては男女の共同作業となってくる。つまり、こうしたフェミニズム的見方をすれば、継母の聖母信仰を基盤としたこの物語そのものが成立しない。それではこの小説で、どのように読者は、そうしたフェミニズムからの批判を乗り越えていけばよいのか。もう一つ、中山のいう継母の神話性についてみていきたい。日本でも高群逸枝の、原始における女性の地位についての論及がある。新石器時代は牧畜や農耕生活が盛んとなり、機織機や土器なども作られはじめていた。この時代の経済市場を支配したのは、必然的にそうした価値を生み出すに至った母系氏族であった。男性原理の父権制支配は、絶対王政下、私有財産の蓄積が容認された以降のことである。つまり歴史上、必ずしも男性原理によってのみ社会的秩序が構築されていたわけではない。よって、フェミニズムは母性原理を破壊するというより、かつての母性を主体的に奪還することを目的とすべきかもしれない。

高良留美子は『母性の解放』（亜紀書房）のなかでつぎのように述べている。

父権制のない時代や社会においては、母性は本能的・生物学的なものではなく、社会的なものであった。出産や育児が人びとの共同の努力によって守られ、担われていたというばかりでなく、母性は女性の生産労働、経済力、政治力、性における主体性、文化的活動、宇宙的象徴性などと両立し、それらと結合していたのである。母性神話の名においてこのような社会的母性のあり方までを否定し去るとすれば、あまりにも問題を単純化＝貧困化することになるだろう。また神話としての母性ではなく、現実に女性たちによって担われている母性（出産、授乳、育児）をどう考えるか、どうするかという現実との緊張関係ぬきには、思想の深まりはありえない。

（P二四五）

継母の「エロス、母性愛、現実性、神話性」については、ここでの高良の「母性は女性の生産労働、経済力、政治力、性における主体性、文化的活動、宇宙的象徴性などと両立し、それらと結合して」いったとするところに、一つの答えが得られそうである。

翻訳者の中山エツコは、一九五七年東京生まれ。東京外国語大学卒業、東京大学大学院修士課程修了を経て、ヴェネツィア大学文学部卒業。現在ヴェネツィア大学講師。主な訳書にP・カンポレージ『生命の汁――血液のシンボリズムと魔術』（太陽出版）、『風景の誕生――イタリアの美しき里』（筑摩書房）、D・マライーニ『思い出はそれだけで愛おしい』（中央公論社）、A・ボッファ『おまえはケダモノだ、ヴィスコヴィッツ』（河出書房新社）、トンマーゾ・ランドルフィ『月ノ石』（河出書房新社）など。

荒木一郎の歌と時代

神保町を歩いていて、ふと立ち寄ったCDショップで、荒木一郎のCD『荒木一郎のすべて』を衝動買いしてしまった。二枚組みで八千四百円というプレミアムつきのものだが、さすが荒木一郎という思いもあって購入。ついでにデビューアルバム『ある若者の歌』も購入。

それで社に戻って、荒木一郎を知っているかと、職場の同僚などに聞いてみたら、四、五十代前半以下まではしらないし、六十も半ばを過ぎると知らない人が多い。つまり、荒木一郎はわれわれ団塊の世代特有のヒーローであって、世代を越えて知られている松任谷由実、矢沢永吉とはちがう。

私が荒木一郎の音楽をはじめて聴いたのは、彼がＤＪをしているラジオ番組「星に唄おう」によってであった。これは一九六五年から六九年にかけて月曜から土曜まで、夜の十時五十分から十一時まで放送され、そのテーマ曲「空に星があるように」は大ヒットを記録した。

当時十代後半の私は、信頼すべき社会モデルが描けず、半ば学業をあきらめボクシングの練習と大型バイクの運転に明け暮れていた。つまり、何者にもなれない、だから何も社会的なアクションを起こさないという屈折した青春を過ごしていた。そんなときラジオから無意識に聞こえてきたのが、荒木一郎の歌で、そこでの朴訥とした語りは詩的エッセイの趣があった。ある意味、そのネガティブな歌と語りは、鬱屈した私の内面に直接働きかけてきて、十代の私に「いつまでもこんなことをしていてよいのか」という逆説的な励ましとなって現われた。つまり、私は少し後にブームとなるポジティブな若大将・加山雄三の歌やポーズだけのロックンロールも好きにはなれなかった。

私は荒木の歌に励まされて、もう一度勉学に復帰することを望み地元横浜の大学に入った。そして、そこで出会ったのは未曽有の学園闘争で、そのときすでに荒木の番組は使命を終えていた。時代は荒木の抒情世界を受容する暇もなく、岡林信康や吉田拓郎などのフォーク全盛へと移り変わっていった。

あれから四十年以上が過ぎ、全共闘運動、湾岸戦争、九・一一テロを経て、ここであらためて荒木の歌の普遍性を再認識している。まず国内外、荒木以前、荒木以後、どの領域にも当て嵌まらないオリジナル性である。しかも、荒木の歌はきわめて直感的に生み出されている趣がある。もういちどその歌を聞き返して、「今夜は踊ろう」「いとしのマックス」などのポップス調の曲もあるが、私は讃美歌、日本の唱歌の旋律を基調にした初期の抒情作品「手の中の落葉」「梅の実」「ふたつの心」「渚のしらべ」「街角に唄おう」「ギリシャの唄」などのメロディに心魅かれている。

その後荒木の歌はジャズ、フォーク、ロック、R&Bなどを取り込みながら、独自に進化していくことになる。しかし、こうした荒木の歌は日本のポップス史、歌謡史の王道から抜け落ちてしまっている。私にとっては現代詩への導き手であった荒木だが、その音楽的位置づけはまるでアウトロー扱いで納得がいかない。

なぜ今、私にとって再び荒木一郎なのか分からない。その後興味をもって聴いていた音楽は山ほどある。しかし、大半は風化してしまい、そのときどんな生活を送っていたかという状況が蘇ってこない。なぜか、私にとってアナーキーに生きていた時代の荒木の音楽だけが鮮明に蘇ってくる。十代当時の私は文学青年とは遠い位置にいた。しかし、無意識に荒木一郎から詩的エッセンスを受容していたように思う。

荒木一郎のことを書いていて、もうひとつ思い出したのは高階杞一詩集『星に唄おう』(一九九三年・思潮社)のことである。高階もまた、荒木一郎という人間性の魅力に触発されて、この詩集を作っている。


昔、『星に唄おう』というラジオ番組があった。

一九六六年四月の放送開始当時、僕は中三で、受験勉強の傍ら毎晩のようにこれを聞いていた。ほんの十五分ほどの番組だったけれど、DJの荒木一郎はこの中で自作の歌を歌い、心あたたまる話をした。彼の歌はどれも青春特有の希望と悲しみがないまぜになっていて、当時の歌謡曲にはない新鮮な響きがあった。

『空に星があるように』『今夜は踊ろう』『いとしのマックス』等、次々とヒットを飛ばし、彼は一躍スターになった。が、それから数年後、ある事件を起こし、芸能界から完全に抹殺されてしまった。僕は悔しくてならなかった。自分の中の何か大事なものが、彼の転落と一緒にストンと落ちていってしまったように思われた。

それから二十年以上の月日が経つが、僕の中には今もあの頃の日日が色濃く焼きついている。そして、あの時落ちていったものを、今もずっと探し続けているような気がする。　(あとがき)

高階杞一は『キリンの洗濯』（一九八九年・あざみ書房）でH氏賞受賞。『星に唄おう』は受賞後の詩集である。よって、この詩集は荒木一郎へのオマージュとなって刊行されたのだろうか。それにしても、この詩集を手にしてから、すでに十七年が経過している。私は直接、それを高階本人に伝えたことはないが、この詩集もまた、私にはそのタイトルと共にきわめて忘れがたい一冊となっている。そんなことで、ここで高階の荒木への思いをそのまま、私の荒木への思いとして引用させてもらった。

たしかに荒木は、ある女性問題に絡んで芸能界から半ば追放された。だからこそ、ここで私は少しでもそんな荒木に恩返しがしたいのである。こうして詩を書いていられることの源泉をたどっていくと、そこには必ずギターを手にした荒木一郎の姿がある。

詩的芸術の世界化と音楽
―山本護『十字架と復活の音楽』―

すべての芸術家にとって自らの作品の世界化は大命題である。グローバリズムが経済価値と結びつき、世界を富と貧困、いわば勝者と敗者に分けてしまうからいけないのであって、一国のナショナリズムが世界軸に向けて発信され、そこで異質のものと融合し、新たな価値を創造することは特段悪いことではない。ここで言うのは、そういう意味での世界化の実現である。

これまでの山本護の仕事を総合的にみたとき、音楽を通して、われわれの閉ざされた日常的意識を世界に解放しようとしているように思う。一瞬にして人間の魂に訴えるということで音楽は有効である。また、山本護の伝道はローマやカンタベリーなどの中央の権威に解決を頼まず、それぞれの民族的な磁場に軸足を置くという理想を描く。おそらく山本が、八ヶ岳に住んで開拓伝道に励む意味もそこにある。

私は門外漢なので、肝心の山本の音楽を論じる力がないことを悔やむ。しかし、『十字架と復活の音楽』「十字架上の七つの言葉」を聴いていて、これはまさに世界化への果敢な挑戦であることを実感した。

明治の近代化にあって、外国人宣教師による讃美歌の普及は日本の音楽に決定的な影響をもたらした。讃美歌は世界各地の民謡や愛唱歌に神を賛美する詩を付けたもので、日本の児童唱歌や歌曲、校歌や寮歌、さらには俗謡（流行歌）に至るまで、随所にその音節が挿入されていった。つまり、讃美歌はキリスト教固有のものというより、無国籍的であることで急速に一般大衆化されていった。

しかし、山本の狙いは讃美歌的手法の再構築によって音楽を世界化しようとするものではない。山本のキリスト教思想はもっと斬新で垂直的である。つまり、かつての讃美歌受容は日本の近代化に貢献したが、それがもういちど世界に向けての起爆剤になるかというと大いに疑問が湧く。山本はその内側にいて、そのことの意味をだれよりも熟知している。

山本護の音楽は、かつての讃美歌に始まる西欧から東洋という平面的な受容方式を、一度西欧と東洋の混沌の中に還元し、そこから世界に向けて再度発信するという形態を示す。基本的には、バッハやハイドン、あるいはシュッツの旋律を咀嚼しつつ、その周縁や境界にあるものを作品化していってしまう。いわば、それは伝統回帰のルネッサンス音楽とその革命的破壊のバロック音楽の統一的止揚を経て、弁証法的に現代音楽の水位へと進捗を果たす。だから、そこから聴こえてくるのは伝統的な西欧音楽をベースに、新疆ウイグル族などの少数民族、アジアの遊牧民族、チベット密教のメロディー、黒人霊歌、その他世界各地のフォークロアの再現であったりする。さらに、耳を澄ませば日本の古典である雅楽や声明、あるいは演歌の旋律まで耳に入ってくる。私はこの解説を書くため、一日二回ＣＤ「十字架上の七つの言葉」を聴いたが、聴けば聴くほどそこに新たな感動と発見をすることができた。当該音楽が後世に残るかどうかの判定基準は、リスナーがそれを反復し、その都度そこに新たな価値を見出せるかどうかにかかっている。まさにここでの「十字架上の七つの言葉」ほど、そうした条件を満たした上で、なおかつ革命的な音楽はない。さらに重要なのは、芸術の世界化には自他を問わず模倣は禁物で、すべて直観で世界の混沌へと創造的に切り込んでいかなければならない。山本はそのような創造者の姿勢価値をだれよりも尊ぶ。

それにしても、なぜ現役の牧師が、このような前衛的な伝統破壊、原則否定を公然と試みているのであろうか。山本の音楽に限らず、詩や美術の頭に現代という言葉をつけると、そこには必然的に超時代的な前衛という共通認識が生まれる。音楽についていえば、規則的なリズムからの逸脱、いわゆる音の不調和が生まれ、バッハやモーツァルトの古典音楽のように聴き手の耳にはなじまない。現代詩もまた、暗喩やアレゴリーに支配された詩的言語は意味がとりにくく、宮沢賢治や中原中也を読むようなわけにはいかない。

山本護はそうした現代芸術全般が陥っている読者（聴き手）不在について、安易なポピュリスムで相殺する罠には落ちない。むしろ、未知の分野に想像の翼を拡げ、新たな価値観によって人類社会が共同できる土壌を耕すのである。私も現代詩人の一人として、そのことにずいぶんと勇気づけられるし、安易なポピュリスムへの迎合を再度戒めることを自らに誓う。

しかし、これだけでは山本護の仕事を説明したことにはならない。それを解く鍵は、近・現代詩史上、唯一聖職者詩人として知られる山村暮鳥の活動の中にある。これはあまり知られていないが、山村暮鳥の最大の功績は明治末期、日本初の口語自由詩革命に参画したことである。そこでの口語詩導入には、形式的に漢詩、狂歌、俗謡の他、讃美歌の韻律に負うことが多かったと言われている。その後誕生する前衛詩集『聖三稜玻璃』は、朔太郎以前に口語詩運動を具現化したものとして名高い。またその時期の暮鳥は、神との対決を通し、ボードレールを通し真のキリスト教文学の構築を目指している。

詩はわれわれの言語活動の約七割を占める非言語領域（言葉にならない感情）、未意味、非意味、無意味に対峙する超越的機能を持つものということができる。これは言語学者ウィトゲンシュタインの「語りえぬものについて、人は沈黙しなければならない」という学説にも通じる。ここでの語りえぬものとは倫理や宗教、そして芸術全般を指す。

暮鳥の伝道は説教に留まらず、むしろウィトゲンシュタインの言う意味にならない感情を写し取る象徴言語へと開かれていった。山本の音楽も、そうした未分化の感情を写し取る容器であるとすれば、比較的それは暮鳥の前衛詩集『聖三稜玻璃』の発想に近い。暮鳥は伝道に詩という伴走者を必要としたように、山本もまた音楽を傍らに伝道に励む。私には暮鳥の「伝道と詩」、山本の「伝道と音楽」が二重写しにみえる。

マスコミなどで「音楽は世界を結ぶ」「詩は国境を越える」という言説が飛び交っている。しかし、それを安易に国際交流の手段にすり替え、詩や音楽を情緒的なお祭りにしてはならない。私は世界の文化的状況に関心はあるが、芸術の本質を無視した国際交流をする気は毛頭ない。芸術の使命は「音楽は世界を結ぶ」「詩は国境を越える」という言説を超越し、もっと預言的、啓示的でなければならない。

山本護の凄さは、チェリストとしての技術、作曲者としての創造性をはるかに越えて、メロディーそのものを世界の前線に押し出していっていることである。ときに前衛は技巧偏重の聴き手不在の独善に陥る危険がある。山本はそうしたことに慎重に対処し、けっして聴き手の耳を裏切らない。山本の前衛精神は、前衛が誇示する「不可能性の詩学」に結びつかない。不可能性の詩学の追究とは、聴き手不在の空疎な芸術至上をいう。一方山本の預言的、啓示的旋律は、われわれの深層に眠っていた真実を豊かに掘り起こす。

キリスト者であれば、十字架・復活の再確認であり、非キリスト者であっても、その数奇なドラマをたどることで、そこに人間の原型を感受して驚愕せざるをえない。まさに、われわれがよりよく生きることは、十字架の苦悩、復活の喜びを通して人間の真実を直視することにほかならない。そして、山本のチェロはイエスの十字架と復活の物語を通して、希望／絶望、光／影、生／死、天／地、善／悪、聖／俗の二項を相関的に映し出す。人間には絶対的幸福も不幸もありえないように、つねに創造主によってそれら二項は相対化されているのである。それについて山本は、週報に「私たちは言い訳のように死を隠蔽し、その隠蔽がかえって生を衰弱させている。」「死の闇が浅くなると、生の光は確実に翳る。」（八ヶ岳伝道所・〇八年五月四日）と書いている。また山本護はCD『アプラクサス』（アルト・フルート、チェロ、ピアノのための）の解説の中で、その制作意図について「世の中にさざ波を立たせ、美と醜、愛と憎悪を解放させること」と述べている。

山本の音楽は、あらゆる混沌に対しあえて答えを求めず、混沌を混沌のままに生きていくことを受容する。精神的疲労の渦中にある現代人にとって、混沌を混沌のまま素直に受容するという生き方は救いである。

最後に山本護の言う「美と醜、愛と憎悪を解放させる」思想は、暮鳥の言うところの人類の全的解放ということに帰結する。人間は自分で犯した罪は自分で償うことができず、それは人間を越えた存在、神とその独り子イエスによって解決してもらうほかない。ここで山本が十字架・復活の音楽を通して主張しているのは、人類が原罪にめざめ、内面から主体的に変わっていくことの期待である。さらに、山本の音楽にはテロ・暴動に明け暮れる現在の世界状況が内在化されていることも忘れてはならない。私は現代詩人の一人として、こうした山本の社会性を共有していきたい。山本護の「十字架上の七つの言葉」は、神の器として、キリストの苦悩と復活を共同する喜びに満たされている。そして、われわれはそこでR・オットー（一八六九―一九三七・ドイツ神学者）のいう、聖なるものの実感、すなわち「戦慄すべき秘儀」の実践に与ることができる。

山本護の叙事的戦慄世界
——山本護『基督變容』——

1

現代の作曲家の多くはそこに前衛精神を求めるあまり、まるでコロンブスがアメリカ大陸を発見するかのように、これでもかこれでもかと未知の領域に旋律を捜そうとする。

戦後現代詩もまた、不可能性の詩学をテキストに、シュルレアリスムの受容からポスト・モダンへ、これでもかこれでもかと暗喩を拾い出し、言葉の錬金術を施していった。まだ世に出ていない言語の鉱脈を探り当てようというわけである。その結果、現代詩は書き手＝読み手の閉塞構造を作り出し、「現代詩は難しくて分からない」ということが定説となって、かつて外部にあまた存在した一般の詩の愛好者を失っていった。しかも、詩の作り手側はそれに対し、「分からない読者の頭が悪い」と言わんばかり、もう数十年にわたって、読者の前にそうした閉塞的現状は放置されたままである。

山本護の新作CD、無伴奏チェロのためのメタモルフォーシスは、マルコ伝福音書第九章にある「キリストの変容」の場面を作曲したものである。山本の心地よいチェロの響きが、イエスの受難と復活の物語を、まるで目の前で起こっている出来事のように再現してみせている。山本護の旋律は時代に対してのチャレンジ精神を保持しつつ、無機質な現代音楽のそれや不可能性の詩学のように一般聴衆（読者）を無視した前衛的手法を安易に選ばない。そこにはE・H・カーのいう歴史とは「現在と過去の対話」の時間意識が厳密に働いている。

詩人たちにとっても「キリストの変容」は極めて興味深い物語である。イエスは自らの死と復活を予告した六日後、弟子のペトロ、ヤコブ、ヨハネを牽きつれ高い山に登る。そこで彼らが祈っていると、イエスの姿が輝くように変わっていき、その側に旧約聖書の先導者モーセと預言者エリアが現われる。弟子たちは予想外にもイエスとモーセ、エリアが語り合う場面の変容に驚き、その場で一同「言語喪失」してしまう。弟子たちは、すべてが変わっていくことを身体全体で感受したのである。本当の感動には、こうしてことばの意味を越えて人の胸を打ちのめすR・オットーのいう「戦慄すべき秘儀」的な要素が備えられているのであろう。

ペテロはイエスに神の臨在する場所として「三つの廬（仮小屋）」の造作を提案するが、この提案は却下されてしまう。彼らはやがて訪れるイエスの受難と復活を暗示するかのような、雨雲の隙間から光が差し込むのをみる。しかし、イエスはそのことは自らが復活するまで口外してはならないと諭す。

2

新作『基督變容』の曲想もまた、前作『十字架と復活の音楽』同様、西欧的なものと土着的なものを融合したものとなっている。古代、詩は感情的な音声を契機に生まれたとされる。山本のチェロはそうした原初の声を基軸に、バロック、ロマン派、現代音楽まで、すべてのジャンルに先入観を抱くことなく、変幻自在に馥郁たるメロディーラインを紡ぎ出す。

山本護の旋律の特徴として、まず上げられるのは意識の古層から必然的に立ち上がってくる郷愁であろうか。

その特徴はどこかでいちどは耳にした旋律であるとか、無意識に人間の生命記憶に刷りこまれている旋律を抽出するということがある。山本の旋律を懐かしいと思う感情は、人間の意識の古層からじわじわと汲み出されてくる水のようなもの、いわば原初の詩的感情をそこに表現しているためであろうか。本来、音楽も詩も一般教養の多寡とは無関係に、こうした素朴な人間感情にダイレクトに訴えたものでなければならないはずである。しかし、いつしか芸術は経済的な富裕層の側にその主導権を奪われてしまった。

卑近な例でいえば、クラシックは知的階層、歌謡曲・ポップスは一般大衆階層の棲み分けがあって、現在の日本で余暇に一般民衆の多くがオペラを楽しむ習慣はない。もしかしたら、その対比は既存のキリスト教と新興宗教の関係に置換えてもよいかもしれない。山本牧師は一宗教者として、自らの音楽演奏を手段に、そういう二元的な障壁を全体的に取り除きたいのかもしれない。そのためには、山本の音楽そのものが何かを排除し、特定の何かを際立たせるものではなく、世界とその世界内に閉じ込められた歴史、民族、風俗などを受容しつつ、それを原初の詩的感情で外部の民衆たちへ広く伝えていく基盤の上に立たなければならない、という使命を帯びる。いうなれば、山本の音楽の神髄はそうした内なるユートピアを外部に具現化することの中にある。

『基督變容』では、三〇一（やまべにむかいて）、四六一（主われを愛す）、四〇四（やまじこえて）という、人口に膾炙した三曲の讃美歌の挿入がある。ここには芸術のための〈創造的破壊〉を目指すのではなく、一般聴衆のための〈創造的建設〉を促すという、山本の芸術的信条がリアルに読み取れる。一般に民衆によって神を賛える歌を讃美歌というが、その中には多数、作者不詳のまま現在まで歌い継がれているものが多い。その理由として、讃美歌にはわれわれが待ち望む音楽や詩の原形があって、その旋律に人々が無条件で共鳴するためであろう。

もう一つ、讃美歌に匹敵する民衆の音楽として、日本各地で一般大衆の間で歌い継がれてきている民謡がある。たとえば、労働歌としての「斎太郎節」（宮城県）、日本最古の民謡「コキリキ節」（富山県）などの歌詞をみて思うのは、それらがきわめて柔軟な口語自由詩を基本に作られていることである。日本での口語自由詩第一作は、一九〇七年（明治四十年）九月、川路柳虹の「塵溜」であるとされている。それはアカデミックな詩学を基本とした学説であって、明治以前の民謡をそこに挿入したら、もっとちがう学術的な口語詩評価が生まれてくるのではないか。一般民衆によって歌い継がれてきた讃美歌や民謡にこそ、原初の詩的感情が何にも希薄化されず残っているということを忘れてはならない。ここで山本もまた、素朴な人間感情に訴えて、三曲の讃美歌を挿入してみせたのであろうか。それにしても、そうした民衆のための音楽を作り続けている山本の姿勢に共感する。

たしかに、近代芸術は内的な破壊と創造の連鎖によって時代感情の先端に訴えてきた。しかし、それは芭蕉の不易流行のことばを待つまでもなく、はたしてどこまでそれは人類の未来に向かって有益な芸術活動なのか。いわゆる、人間感情は経済活動のように安易に進化し続けるものではない。むしろ、時代に疎外された素朴な感情に対峙することこそが、芸術全般の果たす大きな役割ではなかろうか。

そのためには、芸術にとって知性偏重は障害にこそなれ、われわれを自由な人間解放に導かない。おそらく、山本の音楽は根底でそうした既成の現実への芸術的挑戦を含んでいる。そうでなければ、あえてこのような独自な曲作りに再三再四挑戦してくるはずはない。

3

いってみれば、山本の音楽の特質は体制内改革というより、まったく新たな地平を見据えた未知への挑戦の仕方にこそ内実がある。

六〇年代、ベトナム戦争を契機にアメリカ国内で、既成の音楽的秩序に捕らわれないボブ・ディラン、ジョーン・バエズ、ピーター・ポール&マリーなどの反戦フォークが一世を風靡した。それは日本の若者文化にも波及し、岡林信康、高田渡などのシンガー・ソング・ライターが誕生した。いつの時代も、音楽は絵画・彫刻と共に言語の壁をもたないグローバルな文化装置として、もっとも現在的であって、きわめて即時的に時代感情に訴えやすい。

いわば、クラシック、フォーク、演歌、民謡などのジャンルを越えてわれわれの前に立つ山本の姿勢には、その熱気を彷彿させるものがある。

もう一つ、山本の音楽の特徴は内部現実と外部現実（社会的現実）が厳然と分けられていることである。内部現実は山本の牧師という特殊な立場を含むが、その音楽は神の言葉を音楽的に翻訳し、一般民衆に伝えるだけの矮小なプロパガンダの罠に陥っていない。つまり山本の音楽は神への挑戦者としての姿勢を堅持しつつ、その牧師としての日常的行為の有り様を広く世に問うアンビバレンツな形態を保持する。これは前衛詩人でありつつ、日本聖公会の伝道師職にあった山村暮鳥の生き方に似ている。

海外では戦争やテロ、国内では派遣切りや米軍基地問題、個人にあっても貧困や病気による経済的不安、家庭や職場の不和による精神的問題など、われわれの多くは物質的豊かさに囲まれてはいても、それを実感できない時代に生きている。いつ、だれにでも同じようにイエスの受難はふりかかることを知らなければならない。

はたして、われわれの受難はいつどこでだれによって救済されるのか。そんな場合、ここに山本の音楽がその一つの明確な解答となって生きてこよう。われわれは未来を予測して生きることはできないが、心身共にどん底に落ちてしまい、そこから立ち上がる勇気を蓄えておくことまでの想像はできる。山本の音楽は、その勇気に何かを具体的に増し加えるものとはならないが、その初発の決断を促す何かのきっかけにはきっとなるはずである。

山本護の『基督變容』は、現在の混迷極まる時代精神が生み出した稀有な芸術作品である。ここに拙文を書かせてもらったことの恵みを感謝したい。

暮鳥と私

——山村暮鳥「雲」——

私にとって、小学校時代は殆どよい思い出がない。入学してすぐに父母の離婚があり、その反動で父は近所でも有名なデカダンぶりを発揮するようになってしまっていた。私はその父に引き取られ、結局祖母の手によって幼少期を育てられた。それからの私の境遇はあらゆる面で悲惨をきわめ、学友たちとは別の次元に拠り所を求め生きていくことを決意せざるを得なかった。やがて四年生になってクラス替えがあり、校内きっての美人でしかも人望もあついI先生が私のクラス担任となった。実際に授業を受けてみて、I先生の評判は単なる伝聞ではなく、私のような屈折した性格の人間でも、すぐに心を通わせることができた。このI先生から授業で習ったのが、山村暮鳥の「雲」という詩であった。

おうい雲よ
ゆうゆうと
馬鹿にのんきさうぢやないか

どこまでゆくんだ
ずつと磐城平《いはきだひら》の方までゆくんか

この全体を漂うそこはかとない寂しさは、むしろ逆境にある私自身を奮いたたせた。とくに冒頭にある「おうい雲よ」の呼び掛けには、言葉の意味を越えた独特のリズムがあり、記憶の底に記録された。心の空白が何によっても充たされないとき、私は「おうい雲よ」と正体の見えない遠くのものに呼び掛け、寂しさを一瞬紛らわした。私の声は彼方で反響し、その度に何か熱いものが胸の中に込み上げてくるのを禁じ得なかった。I先生が最も魂を注いでいた国語の授業の日は待ち遠しく、「いちめんのなのはな」ではじまる同じ山村暮鳥の「風景」という詩にも出会い、その形式の神秘さに打たれたことを何より覚えている。これらのすべてを授けてくれた、そのI先生の年齢が、当時まだ三十代後半であったことを思うと、四十歳にもなった自分の非力さと比較し、そのあまりの精神的な隔りに驚いてしまう。私自身、この山村暮鳥の「おうい雲よ」は、自らの置かれた境遇と、I先生の容姿とによって深く心に刻まれた魂の言葉である。小学校時代、何一つよい思い出がなかったと記したが、このI先生との出会いによって、どんな宝物にも優る生涯を決定する精神的財産を手にしたように思う。I先生を裏切る生き方だけはしまいと心に誓って、私は小学校の校門を出た。

山村暮鳥と再び出会うのは、三十代も半ばを過ぎてからであった。すでに私は二冊の詩集を出していたが、自作の詩では山村暮鳥から影響を受けるということはなかった。それでも「おうい雲よ」の素朴な呼び掛けは、いつまでも若く聡明なI先生の姿を通し、私の詩の源流を充たしていたのかもしれない。二冊の詩集を出したあと、私は現実の中で精神的に瀕死の状態にあった。私自身、とくに現実的な努力ができないという性質ではなかったが、あまりに理不尽なことをさせられることは激しく肉体が拒んだ。つまり「人間はこうあらねばならない」という、人生にある種の理想を抱いて生きる私にとって、しばしば現実がつきつけてくる十字架は厳しく又重いものであった。現実の秩序とは、利潤追求に走るものを無条件で擁護し、その反対に弱者は弁明する機会すら与えられずあえなく切り捨てられてしまう。そんな折、私は職場内で不埒な暴力事件に遭遇した。はじめ被害者であった私が、いつのまにか加害者にされてしまい、このときばかりはすっかりおちこんでしまった。一方的な暴力事件とし、当然のことながら彼の解雇が語られていたが、いつのまにか暴力を誘発させたという理由で、私に罰が課せられてしまったのである。私はそのような措置にじっと我慢するほど忍耐強い性格は持ち合わせていなかった。しかも私には、この苦悩を共にせざるをえない妻がいた。私たちは、キリスト教（聖公会）の司祭で神戸の芦屋に住むK司祭を尋ねた。K司祭のアドバイスは簡潔にして的確であった。「あなたの理想を実現する方向に身辺を整理しなさい」との一言であった。「何を甘いことを」と、厳しく叱咤されることを予期していた私たちは、この言葉を耳にして目からウロコが落ちる思いを経験した。以前、このK司祭から山村暮鳥が、私たちの所属するキリスト教（聖公会）の伝道師をしていたことを聞かされていた。翌日から長く心に置いていた「山村暮鳥研究」がはじまった。この詩人に私自身のすべての希望を投影することを決意した。K司祭の助言通り、現実的な仕事は徐々に適任者に譲り渡していく形をとりながら、ひとまずは自分の理想に生命を燃やすことにした。この研究に打ち込むことで、この数年間私の理想の灯は一日たりとも消えることはなかった。そして、その分現実に対し寛容にもなって、職場でいさかいを起こすこともほとんどなくなった。これまで私は、理想を実現する方向を誤っていたのである。K司祭のアドバイスを受けるまでそのことがよくわからなかった。私と詩の出会いは一篇の詩からはじまったことであり、それもひとりの恩師との出会いによって育まれたことである。私の山村暮鳥研究はすでに四年が経過しているにもかかわらず、まだ完成の見通しがつかない。一冊にまとまったとき、I先生に贈呈させていただくのが何より楽しみである。

土屋文明記念文学館

今年は、高崎の山田かまち水彩デッサン美術館を皮切りに、伊香保の水沢観音の暮鳥碑、徳冨蘆花記念文学館や夢二記念館、前橋の世界詩人会議と、何度も東京と群馬を往復した。十一月には、七月十一日に群馬町に開館したばかりの土屋文明記念文学館を訪ねた。同館の企画展として、山村暮鳥の貴重な資料が公開されていたからだ。群馬町は山村暮鳥生誕の地でもある。この数年、詩人暮鳥の研究に打ち込んできた私にとって、食指が動かないわけはない。そのことを知らせてくれたのは、伊勢崎在住の妻の親類だった。それでは、紅葉見物も兼ねてということにし、妻も帯同した。遠くに赤城山の紅葉を想像し、胸が躍った。こういう旅は楽しい。文学館は田園風景の中に突如出現するが、その景観にはすばらしいものがあった。

暮鳥は、十代の終わりにこの地を巣立ち、牧師を志し秋田、平、水戸での伝道生活に就いたが、結核療養、経済的な不遇など、その生涯は心身共に不幸の連続であった。私の考えでは、最後の詩集『雲』は、後に言われる東洋的枯淡の世界とは違う。当時の暮鳥は、教会から辞職勧告を受け、生活苦に喘いでいたので、無の境地に浸る心の余裕などない。おそらく『雲』は、人生への諦観によって生み出されたものであろう。

人間の肉体は、時と共に滅びるが、魂は何度も点滅を繰り返す。中でも文学者にとって肉体の死は、新たな生の始まりと言ってもよい。その死後、暮鳥の魂は各地を彷徨しようやく故郷に帰ってきたのである。それも、故郷の誇りとして、大きなイベントの顔となり、多くの人に愛されているのである。こうして文明の隣で、深い山懐に抱かれている暮鳥は、本当に幸福そうな顔をしている。私は、その冷遇され続けた半生を知っているだけに、今回の企画展は、自分のことのように嬉しかった。

暮鳥に関する展示物は全集未収録書簡をはじめ、どれも貴重なものばかりであった。とくに、遺族の土田家に一冊だけ保存されているとされていた『LA BONNE CHANSON』を見たとき、感激のあまり鳥肌が立った。つぎに見慣れたものを見た。それは私の妻の祖父の遺品の中にあったものと同じもので、教会の正装用ガウン、ストールである。妻の祖父も偶然ではあれ、暮鳥と同時期に聖公会の聖職者を務めている。もちろん、祖父の牧師時代の生活も、暮鳥同様極貧そのものであった。しかし祖父は、百一歳まで暮鳥の二倍以上も生き、昭和後期の日本の繁栄をまのあたりにし、その豊かさを享受できたが、それすら知らない暮鳥に哀れを感じた。

暮鳥の展示物に触れた後、常設展示室の短歌も見学した。とくに万葉集から現代までの短歌を、立体的に見せるコーナーがすばらしかった。今も尚短歌は、日本文化の基層にあって、日本人の精神を支えていることを知った。

昼食を、二階のしゃれたレストランで食べることにした。本格的なイタリア料理で、現世に戻った気分になった。妻と二人、雄大な赤城山のパノラマ風景を背に、しばらくくつろいだ。そして、デザートを食べて立ち上がると、それぞれの座っていた椅子の背に、何やらローマ字で一つ一つ異なった名前が記されていた。椅子は全部で数十席あるが、よく見ると、群馬ゆかりの詩人や歌人の名前である。その中の一つに私は偶然座ったのだが、そこにはBOCYOとあった。不思議な縁を思い、これからも暮鳥研究を続けることを思った。

（九六年十二月）

今甦る、前衛詩人山村暮鳥の輝き

―生誕百二十周年行事の中で―

昨年の秋は、山村暮鳥生誕百二十周年にちなむ各行事が生誕の地群馬、終焉の地茨城を中心に開催された。群馬・前橋文学館の講演では、暮鳥研究で知られる和田義昭氏が、詩集『聖三稜玻璃』には「常識を打破する前衛性」があると再評価した。暮鳥は『聖三稜玻璃』を編むにあたって、「千年万年後の珍書」だと自ら豪語し、当時一人の読者も想定していなかった。予言通り、その詩集は一世紀を越えた現在に至っても活発に論議されている。

竊盗金魚
強盗喇叭《ラッパ》
恐喝胡弓《こきゅう》
賭博ねこ
詐欺更紗
瀆職天鵞絨《びろうど》

姦淫林檎《かんいんりんご》
傷害雲雀《ひばり》
殺人ちゆりつぷ
堕胎陰影
騒擾《さうぜう》ゆき
放火まるめろ
誘拐かすてえら。
（「囈語」）

『聖三稜玻璃』の刊行は一九一五年で、前衛芸術の祖ツァラの『ダダイズム宣言』（一八年）、ブルトンの『シュルレアリスム宣言』（二四年）の前に出版されていることも驚きだ。まさに、暮鳥は日本における前衛詩の開拓者にして祖である。今後現代詩史を編むに当たって、この位置づけを踏まえていくことは重要である。

　そのことから、今回の記念行事は暮鳥の前衛的な側面に光を当てることで、その足跡を現代詩の現在にリンクさせていたことが注目される。水戸のシンポジウムでは、これからの暮鳥詩の可能性を多角的に語り合った。当日の基調講演は大岡信氏で、学生時代に『聖三稜玻璃』と出会い、たちまちその特異な言語感覚に魅了されたことを述べた。

　私は群馬詩人クラブの講演で、キリスト童話『鉄の靴』を取り上げ、それを反戦童話として活《い》かすことの必要性を訴えた。折からのイラク戦争。ニューヨークの反戦運動ではジョン・レノンの「イマジン」が盛んに歌われていた。暮鳥は『鉄の靴』を通じ、全世界が軍隊を放棄し、すべての人々が人種の違いを超えて共生すべきであると力強く訴えた。これもまた、一世紀の時空を超越して「イマジン」の歌詞「想像してみて、天国はない／想像してみて、財産はない」という現代人の思いに通じている。暮鳥の詩には、言語の前衛性だけでは括《くく》ることのできない、ある時代を超えた普遍性が感じられる。また、詩人にして日本聖公会の伝道師を務めた経歴もユニークであった。

上毛新聞、茨城新聞、福島民報各社は、三社共同企画として、暮鳥についての連載記事を連日掲載した。こんなにも爆発的に、地域のジャーナリズムが一人の詩人を取り上げた例を寡聞にして知らない。

一連の暮鳥行事が終わった後、私は立教大学の教壇に立つ機会が与えられた。暮鳥の母校聖三一神学校は、立教大学の前身立教学院の付属機関であり、そこの学生は暮鳥の後輩たちである。当日私は、胸を躍らせ立教の門をくぐり、彼らの前で暮鳥の詩と人生の有り様を語った。講義が終了し、学生たちから、「暮鳥の詩は「内側から、新しい言葉が匂い立ってくる」「モダンな造形美、視覚に訴えてくる」「前衛的で感覚的、モダンアートのよう」などの熱い感想が寄せられた。

そこから見えてきたのは、詩語が含有する意味の難解さは、必ずしも読者を遠ざける条件にはならないことであった。学生たちの真摯《しんし》な言葉は、暮鳥の詩が現代に生きるわれわれの胸に響いていることを証明している。私には暮鳥生誕百二十周年の最大の成果は、こうして次代の若者たちに、暮鳥詩の魅力が伝えられたことの意味の中にあったように思われた。

詩人探訪

室生犀星

――特集現代詩前夜

犀星の詩集刊行は、一九五九年（昭和三十四）の『昨日いらつしつて下さい』まで厖大な数である。とくに戦中の昭和十八年には、七月『美以久佐』、八月『いにしへ』、九月『動物詩集』、十二月『日本美論』と、合計四冊の詩集が刊行されている。それぞれ初版部数は、各三千、三千、六千、五千である。こうして戦争を題材とした『美以久佐』と、生命賛美の『動物詩集』が並行して刊行されても、犀星の場合、さほどの違和感もない、さらに、終戦後、『山ざと集』の刊行にも（昭和二十一年二月）着手するが、ここには戦争体験を内的克服すべき姿勢もない。これら一連の動きは、あまり具体的内実を問わず、詩集の刊行それ自体を外部に目的化してきた、犀星の文学的特質をよく示す行為である。

犀星の詩的出発を促したのは、盟友萩原朔太郎に聖職者詩人山村暮鳥を加えた、詩誌「卓上噴水」の刊行である。しかし、口語詩確立者の朔太郎、信仰と文学に葛藤した暮鳥という評価がある一方、犀星の文学を総括するような芸術的要素は想定できない。むしろ犀星の文学は、意識的にこのような芸術的追求を捨象していた。このことを選び取った原因は、他ならぬ犀星の数奇な誕生にある。この境遇は、早々と犀星文学の骨格を作ってしまった。ここに、それを紹介してみたい。

一八八九年（明治二十二）八月一日、金沢市に生まれる。照道と命名され、赤井ハツの私生児となる。ハツは、千日山雨宝院住職・室生真乗と内縁関係にある。その後、犀星は真乗の養嗣子となる。一九〇二年（明治三十五）五月、高等小学校退学。金沢地方裁判所の給仕となる。一〇年（明治四十三）の上京まで、各誌に俳句、小品文、詩を発表。

犀星の実父は、小畠弥左衛門吉種で、実母はその小畠家の女中ハルである。当時吉種は六十四歳で、体面を保つため、犀星を赤井ハツにわたしてしまう。犀星の文学は、すべてこの出生時の事実に規定される。そして、犀星はこれを起因に、自らの文学的モチーフを「復讐の文学」と名付ける。

かつて幼少にして人生に索めるものはただ一つ、汝また復讐せよという信条だけであった。幼にして父母の情愛を知らざるが故のみならず、既に十三歳にして私は或る時期まで小僧同様に働き、その長たらしい六年くらいの間に私の考えたことは遠大な希望よりさきに、先ず何時もいかようなる意味に於ても復讐せよという、執拗な神のごとく厳しい私自身の命令の中で育っていた。

（「復讐の文学」）

犀星にとっての文学は、幼少期の屈辱感を晴らすために用意された媒体であった。そのため犀星の詩は、現実事象に立脚し論理的追求を持たない。だが、この犀星の類稀な出生の事実に対し、そこに体験の内面化を望むのはあまりに酷で痛ましい。まずは、目前の現実の悪夢を払拭することが先決で、この習性は、犀星が成人しても大きく変化するものではなかった。そのため、犀星の文学は、精神的・物質的な貧困を克服するための手段となり、体験の抽象化という手法を持たない。

その象徴的場面が、第一詩集『愛の詩集』の刊行であった。これは、後に安定した文筆生活を営むための試金石であった。大正期前半、明治末期を席巻した自然主義が後退し、新たに台頭してきたのは白秋の耽美主義であり、犀星は、この潮流に朔太郎、暮鳥とともに参画する。その三人の精神的結晶として、一九一五年（大正四）三月に「卓上噴水」が刊行される。この時代は口語自由詩運動が頓挫したことで、すべてが過渡期にあり、修辞的にも文語定型詩、文語自由詩への回帰があった。やがて、大正ヒューマニズムを背景とした人道主義が台頭すると、三人の師匠格である白秋の耽美主義は衰退する。この人道主義を標榜するグループに、福田正夫、白鳥省吾、富田砕花らの民衆詩派、「白樺」の千家元麿がいた。暮鳥も人道主義に傾斜し、朔太郎もドストエフスキイの影響を強くする。犀星は、こういう流動的な詩的状況を鋭く看破し、自らの処女詩集を出すに際し、もっとも有利で効果的な出版方法を考えた。つまり『愛の詩集』は、人道主義、口語自由詩という詩的条件を意図的に満たし、大正七年一月に刊行される。『愛の詩集』は好評で、翌年五月には『第二愛の詩集』も刊行される。犀星自身、もっとも愛着を持つと推察される、文語詩の『抒情小曲集』は、第二詩集として九月の刊行となる。この清冽な抒情性は、中野重治、堀辰雄、三好達治、伊藤整らの詩作に影響を与えた。他に大正期の詩集として、『寂しき都会』（大正九）、『星より来れる者』『田舎の花』『忘春詩集』（大正十一）、『青き魚を釣る人』（大正十二）、『高麗の花』（大正十三）がある。犀星にとって、文学は貧しい出自を克服するための生活手段であった。大正七年の詩集に続き、小説の世界でも、大正八年八月『幼年時代』、十月『性に眼覚める頃』、十一月『或る少女の死まで』を出版する。この僅か二年で、犀星は詩壇的・文壇的地位を固めてしまう。そして、一九六二年（昭和三十七）三月、肺ガンで七十四歳の生涯を閉じるまで、生前刊行された単行本は二百六十冊にも及ぶ。犀星の詩は、言語の形而上性、観念的傾向とは全く無縁だったが、この多くの著書を媒介し、詩を読者の側に充たしたという功績は大きい。

自分の生ひ立ち

僕はあるところに勤めてゐた
僕は百人の人人と
朝ごとの茶をのんだ
僕は色の白い少年であつた
みんなは頬の紅い僕を愛した
僕は冬も夏も働きつづめた
そのころ僕は本を読んだ
僕の忍耐は爆発した
僕は力をかんじた
僕は大きく哄笑した
僕は勤めさきを飛び出した

僕は父と母とをうらんだ
父も母ももう死んでゐた
僕はほんとの父と母とを呪ふた
涙をかんじたけれど
もうどこにもその人らはゐなかつた

（詩集『愛の詩集』）

森英介『火の聖女』

森英介は本名佐藤重男、大正六年三月、七人兄妹の四番目として山形県米沢市に生まれた。早稲田大学哲学科中退。昭和十六年浜松航空隊に入隊、その後三沢基地に転属となり、昭和十八年暮に召集解除。

詩集『火の聖女』は、序詩を含む九十一篇の詩と、高村光太郎の序文によって七百頁を越える大冊。詩は、昭和二十五年五月（米沢市日本カトリック教会）の入信を挟んで、昭和二十三年六月頃から二十六年一月の間に作られたものである。本詩集は、森が自ら故郷の山形市で印刷工となって完成させたものだが、本ができる二日前、昭和二十六年二月八日、無名のまま胃穿孔によって急逝。三十四歳の生涯を閉じている。

詩集『火の聖女』には、「地獄の歌」というサブタイトルがつけられているが、これには己が住む地獄から火の聖女を讃えるという意味がある。森は戦後の混乱の中、敗戦の精神的後遺症から、哲学徒であった己を支える思想もないまま、定職にも就かず放浪の旅を繰り返していた。その時、上野地下道に群がる戦災孤児等の救済活動をする一人の聖女と出会い、彼女を通して神の道を求め始める。女性は、戦前台湾総督府の高官夫人。森にとっての夫人は、まさに生きた聖母マリアであった。その意味で、森もまた、彼女によって救われた戦災孤児の一人である。

すべての詩は、この聖母マリアである夫人、つまり火の聖女を讃える歌である。森にとって、この夫人は、現実において定職も持たず地獄へとはじき出されている彼を支える存在でもあった。そして森にできるのは、彼女を通して一心不乱にマリア讃歌を歌うことだけであった。そして、それらの歌は、日本の詩壇に特異な宗教的神秘主義を作り上げることになった。ここで森が、夫人を通して見たのは神の神秘への信頼に他ならない。

有能な哲学徒が、戦争を挟んで思想的に敗北していく崩壊過程で最後に受容したのは、来世からの一条の光であった。第一次大戦後、エリオットはカトリスムに傾倒し「荒地」を書いた。太平洋戦争敗北後、日本で森が作り上げた稀有のマリア讃歌は、同様に戦争の惨禍によって生み出された書と言ってもよい。

詩集は、戦後詩壇、文壇に大きな反響を巻き起こした。昭和五十五年一月、北洋社から復刻版が刊行されている。その解説で、遠藤周作は同じカトリックという立場から「日本の風土のなかで日本語という粘着力の弱い言葉」を使って「神の神秘を歌おうとした」と共感を示している。田村隆一は、(森英介の詩集が)「この世に復活するとき、日本の詩の世界ばかりではなくて、人は、その存在の意味を、あらためて深いところから問われる」と述べている。井上靖は、「この詩集はまさに地獄の歌、というよりも地獄からの叫びであり、祈りである」としている。

冬

わたくし
べつのくにへゆきたいのです
この冬のむかうに
べつのくにがあるのではありませんか
よんでください
おしへてください
きのふの
ミサは
わけて
かなしうございました！
　おそらくはわれ死のねぶりにつかん。

　詩編一三―三
一九五〇・一一・三

ボルヘスの隠喩と祈り

―『創造者』を読む―

1

特集「ボルヘス」（「詩と思想」二〇一〇年七月号）の執筆にはボルヘスの研究者、その創作につよいシンパシーを覚える実作者が顔を揃えている。そんな中、さほど熱心な読者ではない私が、その中に入りボルヘスを論じるのはあまりに荷が重い。つまり私は、ボルヘスの読者としてはずぶの素人であり、現状では未熟な能力の範囲の直観的な読みしかできない。

ここでのテキストは、五十ほどの散文や詩を収め、一九六〇年に上梓し、岩波文庫で復刊された『創造者』（鼓直訳・二〇〇九年）一冊に絞りたい。

訳者の鼓直は『創造者』の言語的魅力の特徴をつぎのように上げている。

『天恵の歌』や『王宮の寓話』を含む詩文集には、ボルヘスの詩法の基本的なものが詰め込まれていると言っても良いからです。人格の同一性と複数性。つまり、人間は唯一の存在であり、同時に多数の存在であるという汎神論的な感覚。歴史的なものを非時間的なものへと変換する詩的創造の秘儀。現実の隠れた本質的なものを探る形而上的な関心。さまざまな要素を言語＝文体のレヴェルで融合させる隠喩の優越。ボルヘスがこのさほど厚くもない一冊の詩文集の表題として〈創造者〉を選択したのも頷けます。

（『ボルヘス、文学を語る』あとがき・鼓直訳・岩波書店）

鼓はボルヘスの詩的世界の基本には「歴史的なものを非時間的なものへと変換する詩的創造の秘儀」が潜んでいるという。まず、ここでの質的時間について考えてみたい。欧米のユダヤ・キリスト教の歴史的時間が過去（天地創造）から現在に、そして未来の終末へと至る一本の直線によって結ばれていくのに対し、ボルヘスのいう非時間的なものとは、世界が永遠に崩壊、再生を繰り返す歴史の循環過程のことを指す。すなわち、ボルヘスの隠喩は人の生死の永劫回帰を希求して作られている。

それでは『創造者』から、本誌の座談会でも鼓直が触れている「天恵の歌」の導入部を引きたい。

みごとな皮肉によって同時に
書物と闇をわたしに授けられた、神の
巧詐をのべるこの詩を何者も
涙や怨みぐちと卑しめてはならない。

神は光なき眼をこの書物の市の

主となされたが、それらの眼が
あまたの夢の図書館で読みうるものは、
天明がその渇望にこたえて差しだす

愚かしい数節でしかない。白日はいたずらに
無限の書物を惜しむことなく与えるが、
アレクサンドリアで散佚した
難解な写本と同様、それらも難解きわまりない。

(ギリシアの史書の記述によれば)ある王は
噴泉と園庭に囲まれながら飢渇ゆえに死んだという。
わたしも当てどなく、この高く奥行き深い
盲目の図書館をさまようだけだ。

(一～四連)

この後、四行一連の隠喩に縁どられた象徴言語が規則正しく六連並ぶ。
ボルヘスは一八九九年生。五〇年代に入ってからボルヘスは目を患い、八度に及ぶ手術を経て半盲状態となり、その後失明。それから、ボルヘスの修辞は無韻詩の制作を中断し、ここでの「天恵の歌」のように、記憶をたよって書く押韻詩、歩格を有する古典的な定型詩へと変貌していったという。わ

が国の戦後現代詩の系譜をみたとき、ここでのボルヘスのように押韻・定型詩が隠喩と結びついている例は見当たらない。それらはマチネ・ポエティクや飯島耕一の『定型論』のように、散文に溶解した自由詩を修辞的に牽制する意味で使われることが多い。

ボルヘスは視力の衰えと同時に国立国会図書館長に就任。鼓直によれば、「天恵の歌」は「失明という神から授かった悲運」、もう一つは「人智の集積である図書館の館長に任じられるという幸運」、この二つの天恵をモチーフにして書いたものだという。

この詩はボルヘスの内的必然性（現実的背景）を踏まえつつ書かれた作品であり、こうした数奇な運命そのものが、ことさらボルヘスの暗喩的人生を象徴しているのが興味深い。失明前、ボルヘスは図書館内のすべての書物の置場所、概略、すべてを記憶し終えていたのではないか。本来、一般常識で盲目の国立図書館長就任はありえない。しかし、記憶が個人の枠を越えて、過去から未来に循環されていくものだとすれば、その職に就くことに何の不自然さもない。鼓直によれば、盲目の図書館長は、来客を前に図書館の書棚の間をものすごいスピードで歩き回っていたという。この稀有な盲目の図書館長というパラドックスこそ、われわれの想像の翼を現実化したものとして、ボルヘスの隠喩を解くキーワードになりえているのではないか。隠喩には超現実的な発想をもって、読み手の意識を覚醒させる絶妙な技が必要であり、そのことからすれば、ここでの盲目の図書館長の放つことばの一字一句が、押し並べて隠喩的傾向を帯びてくるのも当然の帰結である。

思えば、日本の近代化以降、人間の頭脳の優劣を競う選抜試験のほとんどは、記憶量を物理的に測ることに終始した。日本のトップ頭脳が集結する霞が関の官僚たちは、すべてこの選抜試験を優秀な成績で突破してきたものだといえよう。しかし、彼らの大半は諸事項を機械的に暗記したにすぎず、そこにはボルヘスのように記憶を創造のエネルギーに替える力は備わっていなかった。言い替えれば、彼らの頭脳の真の優秀さは、大量に暗記した諸事項を国民の前に創造的に再構築してみせる、盲目の外交官、盲目の財務官僚でありえたかどうか、ということの意味に尽きる。この国にそんな隠喩的な人物はいなかったし、おそらくこれからもその出現は期待できない。われわれはボルヘスの詩と文章によって、人間の記憶の総量は隠喩の数値によって最大化されることを知らされる。

2

ボルヘスは自らの生み出す隠喩世界に写し取ることで、波乱に満ちた人生を過ごした。

ボルヘスの詩論を知るには、前述の『ボルヘス、文学を語る』（鼓直訳・岩波書店）が一般的で分かりやすい。これはハーバード大学ノートン講義（一九六七―六八）の全記録である。

この中で、ボルヘスはロバート・フロストの詩をテキストに隠喩的効果を具体的に述べている。

森は美しく、暗く、深い、
しかし、私には果たすべき約束がある、
眠りに就く前に歩くべき道のりが、

眠りに就く前に歩くべき道のりが

ボルヘスは最初の「眠りに就く前に歩くべき道のりが」を、物理的な意味のそれであるとし、つぎの「眠りに就く前に歩くべき道のりが」については時間的な意味をもっていて、「眠りに就く」は「死ぬ」ことであり、「休息する」ことの意味であるともいう。ボルヘスは、フロストが同じことを二度いうことによって、その後の一行は隠喩になるという。

この分かりやすい隠喩の説明は、われわれにボルヘスを身近な存在へと導いてくれる。ボルヘスの考える隠喩の中身は、いわゆる言語遊戯のようなものではなく、隠喩に先立つ現実世界の記憶の集積であることが理解できる。

そしてもうひとつ、ボルヘスは隠喩そのものは物理的な記号であって、読み手の前に置かれた状況では、まだ生命なき記号の集合体であると認識していることである。その記号の集積が生命を宿すには読み手の存在が必要不可欠であると論じる。ボルヘスほど、読み手の存在を重視する書き手はいない。『ボルヘス、文学を語る』につぎのような記述がある。

言葉は、共有する記憶を表す記号なのです。仮に私がある言葉を使えば、皆さんはその言葉が意味するものを、なにほどか経験することになる。そうでなければ、言葉は皆さんにとって何の意味も持たないわけです。私の考えでは、われわれは暗示することしかできない、つまり、読み手に想像させるよう努めることしかできない。

（「詩人の信条」P一六二—三）

これは、ボルヘスが書き手に立った場合の基本的姿勢である。そして、つぎに読み手に立った場合はどうなるのか。

自分が読んだものの方が自分で書いたものよりも遙かに重要であると信じています。人は、読みたいと思うものを読めるけれども、望むものを書けるわけではなく、書けるものしか書けないのです。

（「詩人の信条」P一三八）

これは詩を読む上で、きわめて示唆に富むことばである。

3

それでは、つぎに『創造者』から、タイトル・ポエムの冒頭部分を引いてみたい。

彼には追憶を楽しんでいる余裕がなかった。さまざまな印象も鮮やかなまま、瞬時に彼の頭をかすめていった。陶工の用いる朱砂。それぞれが神でもある星をちりばめた円穹。そこから獅子が降ってきたことのある月。敏感で緩慢な指先が触れる大理石のなめらさか。白くて荒っぽい歯で力まかせに嚙み切るのを好んだ野猪の肉の味。あるフェニキアのことば。槍が黄色い砂のうえに投げる黒い影。海や女どもが近づく気配。舌触りの悪さが蜜でやわらげられた強い葡萄酒。これらのもので彼の心は完全に占められた。……………

まさに、鼓直が解説で述べているように、ボルヘスの「『創造者』に収められている作品のそれぞれが、言ってみれば一枚の鏡であり、一行一句がそのきららな破片である。それらは互いに照応し、無際限の反映のなかでボルヘスの世界そのものの境をめぐるめく無限にまで拡大する」のである。

これを読むと、ボルヘスの隠喩は修辞に依拠したものというより、記憶という糸によって編まれたことばの織物という感がつよい。

ここで私はようやく、ボルヘスの読者としてその絢爛豪華なことばの博物館への入場を許されたにすぎない。今回『創造者』の神秘的な魅力に触発されて、つぎつぎとボルヘスの本に魅了されていく結果となっていった。ボルヘスの詩全体を理解する上で『ボルヘス詩集』(鼓直訳編・思潮社)が便利。その中で、詩集『幽冥礼讃』の中の「祈り」という作品に目が止まった。

馴れ親しんだ二つの言葉で、これまで何千回となく「我等が父よ」と唱してきた。この先も唱し続けるだろう。（略）
ある者がダンバーやフロストの詩の一行を、或いは血を流す木、十字架を真夜中に見た男の詩をくちずさみ、この詩を最初に教えてくれたのはボルヘスだった、と思い出してもらえれば、それで十分だ。他のことはどうでもいい。わたしは一刻も早く忘れられることを望んでいる。………

ここでボルヘスは、自らを他者の一人として厳しく客観視している。よって、ボルヘスのことばはすべて宇宙の所有に属し、自らの署名で残されるものは何一つない。だから、すべてその詩は聖書的な意味で隠喩で書かれなければならない。ここでのボルヘスの詩と聖書が隠喩によって結ばれていること、それはまったくの偶然とは言い切れない。

Ⅱ

美しい魂の持ち主の詩と生涯

韓国に行って、まず眼に入るのはハングル文字の多さと、書店の棚を飾る膨大な量の詩集である。韓国では、文学と言えばまず詩なのである。それくらい、詩が人口に膾炙《かいしゃ》されており、日常化している。しかも、読者層の中心はティーンエージャーであり、これはブームと呼ぶべきものではない。このミューズの国の精神的支柱として、尹東柱《ユンドンジュ》は存在する。

本著は七名の共著であるが、日本基督教団牧師の犬養光博、劇作家の高堂要、国会図書館司書宇治郷毅、韓国青丘文庫代表韓晳曦《ハンソッキ》の他、蔵田雅彦、森田進、木下長宏は大学に籍を置く研究者である。この著書は、尹東柱の全貌を知る上で必読の書である。また巻頭の森田の訳詩篇は、現代的で斬新である。

尹東柱については、三月にNHKスペシャルでも特集が組まれた。尹東柱は、日本の大学に学び、独立運動の疑いで警察に逮捕され、最後は一九四五年二月十六日、福岡刑務所で獄死するという数奇な経歴を持っている。この間尹東柱は、禁止されていたハングルで詩を作る。

今読まれているのは、日本語訳である。森田進「尹東柱　そのキリスト教性」によれば、尹東柱の

「序詩」は、現在では日本の高校現代国語の教科書にも掲載されているとのこと。この中で森田は「これがきっかけになって日本の若者の魂の中に尹東柱の詩的世界が広がっていくであろうことを想像するだけで胸が高鳴る」と述べている。ここで森田訳の「序詩」を紹介したい。

死ぬ日まで天を仰ぎ
一点の恥もないことを
葉群れにそよぐ風にも
私は心を痛めた。
星をうたう心で
すべての死んでいくものを愛さねば
そして私に与えられた道を
歩んでいかねば。

今宵も星が風にこすられる。

たしかに尹東柱は、日本の植民地時代の犠牲者であったが、その存在は、歴史的事実の枠内にとどまるものではない。まず尹東柱の抒情には、現実の苦悩を浄化したかのような、不思議な明るさがある。読者は、そこに磔刑後のイエスの復活を呼び起こすかもしれない。これについて、高堂要は尹東柱が「息を引きとる直前、大声で叫んだ」言葉は、「エロイ、エロイ、ラマ、サバクタニ」だと推察し、その詩篇は「全能の神、救いの神への讃美の歌」だと言明している。今年の二月には、尹東柱の母校同志社大学今出川キャンパスに、「尹東柱詩碑」も建立された。おそらく尹東柱の存在は、これからの日本と韓国の新しい関係を作る上での、シンボルとなるだろう。

すでに韓国では、尹東柱は国民的詩人であるが、本当の評価が生まれるのはこれからである。つまり日本からすれば、尹東柱を韓国の枠内に留めておくことの損失のほうが、ずっと大きい。尹東柱は、日本での評価を得て、はじめて尹東柱たりえるのではないか。それを一番望んでいるのは、尹東柱本人であろう。

まずは、この著書を通し、一人でも多くの読者が尹東柱に出会ってほしい。こんなにも美しい魂の持ち主が、現代にもいたかということに、きっと誰もが驚愕《きょうがく》するであろう。

『死ぬ日まで天を仰ぎ』キリスト者詩人・尹東柱《ユンドンジュ》
日本キリスト教団出版局編（日本キリスト教団出版局）

『自伝　ホセ・カレーラス』奇跡の復活

特別のオペラ・ファンでなくても、誰もがどこかで一度は、「世界三大テノール」という言葉を耳にしたことはあるでしょう。この三人とは、世界的に著名なテノール歌手ドミンゴ、カレーラス、パヴァロッティのことを言うのですが、本著はその中のカレーラスの自伝です。しかし、この自伝の内容は、よくある有名人のサクセス・ストーリーではありません。

この本は、白血病に冒された世界的テノール歌手が、死の淵《ふち》からよみがえり、再び世界の舞台に立つまでの思いを、自ら赤裸々《せきらら》に綴《つづ》った魂の記録なのです。

カレーラスは、生まれながらの才能と人一倍の努力で、早くに世界的な名声をかちえます。運命の歯車が逆転したのは、四十一歳の時です。白血病ということを聞けば、たとえ完治しても再び舞台に立つことなど考えも及ばないでしょう。マスコミ関係者はもとより、おそらくカレーラス自身も、一度はそう考えたに違いありません。しかし、ここで彼が取った行動は、敬虔《けいけん》な祈りに満ちたものでした。

まず彼は、彼を励ます「オペラとは関係のない人々、……元気づける言葉や自作の詩で何千通もの手紙を書いてくれた人々」の中に、「人間愛が、スターに対する賛嘆を超えて現われている」のを見ることで、病魔と戦うことを決意します。つまり彼はもっとも苦しい時、こうした世界中のファンが国境を越えて自分を支えてくれていたことを知り、その声援に応えるためにも、もう一度自分がステージに立つことを誓うのです。それからの彼は、再度ファンの前に立つことを支えに苛酷《かこく》な放射線治療、骨髄《こつずい》移植手術に挑戦します。

ここでカレーラスは、ファンの愛によって癒《いや》されていますが、また自らも愛の実践者たらんとしています。愛が美しいのは、こうした相互扶助の精神が宿っているからでしょう。また愛の力は、医学、科学の力を越えて、つまり人間の能力の限界を越えて現れるのです。

カレーラスは奇跡的に、しかし約束通り、病気を克服し、見事舞台にカムバックするのです。その後カレーラスは、復活後のステージの純益の大半を、自らが設立した「ホセ・カレーラス国際白血病基金」に投じています。命の限りを尽くして歌う彼の姿は、神の愛に満たされています。その歌は「たとえ今日歌って明日倒れてもよい」というほどの情熱と真摯《しんし》な姿勢に貫かれています。

この本を読んだ読者は、現代にもこんなにも気高い魂の持ち主がいたことを知って驚くことでしょう。索漠《さくばく》たる世紀末、マザー・テレサを失った私たちに、まだカレーラスがいるという希望を与えてくれるのです。

ホセ・カレーラス著　酒巻和子訳（音楽之友社）

詩画集『小さな祈り』

　吉永小百合さんといえば、一九六〇年代の青春映画を代表する国民的な大女優です。デビュー作は、働きながら定時制高校に通う少女を演じた「キューポラのある町」です。最近、あるテレビ番組の中で、吉永さんはつぎのようなことを語っています。

　幼い頃の吉永さんの家庭は貧しく、とても高校に進学できるだけの経済力がありませんでした。それで勉強の好きな吉永さんは、何とか自力で学校に通いたいとお金を稼ぐため、女優になったとのことです。吉永さんにとって華やかな女優という職業は、人生の手段ではあっても目的ではなかったのです。その後吉永さんは多忙な中を、早稲田大学の夜間部に通い卒業しています。

　そんな吉永さんの人生に対しての真摯さは、人生経験を重ねてますます深まってきています。ここ十年の吉永さんは、ヒロシマ・ナガサキの原爆の悲惨さを後の世に伝える語り部として、毎年各地で朗読コンサートを開いています。昨年は、朗読詩『第二楽章』というCDを出しています。そして今回詩画集として、全部の詩に英訳をつけて、ほぼ『第二楽章』と同じ内容の本が出ました。吉永さんは、この本を通し、原爆の悲惨さと平和への祈りを全世界に訴えようとしています。

収録作品は、吉永さんの目と心で選んだ十二編です。峠三吉《さんきち》の『原爆詩集』の序詩、栗原貞子「生ましめんかな」「折づる」、原民喜《たみき》「永遠のみどり」などの原爆詩の名作に加え、この詩画集のすばらしさは、吉永さんが自力で発掘した林幸子《ゆきこ》「ヒロシマの空」、当時の小学生の書いた原爆詩が収録されていることです。ただ有名詩人の詩を並べた本とは中身が違います。ここには、吉永さん自身がどうしても朗読したい、世界の人々にその内容を訴えたいという詩が選ばれています。

この本のあとがきで吉永さんは、岐阜県の山あいの中学校に朗読のボランティアに行った後の思いをつぎのように述べています。

「数日後、生徒達の感想文が送られて来た。彼らは私の朗読を大きく受け止め、平和に対する思いを、更に深めている。卒業しても、大人になっても、きっと忘れないでいてくれると思う」

なんと心温まる交流でしょうか。現在、日本は物質的な豊かさの中で、被爆体験というものが過去のものとなりつつあります。吉永さんは、ひとりの人間の祈りの声として、被爆体験のもつ意味を静かに語りかけています。この本は、被爆の悲惨さを再認識させられるとともに、人生にひたむきに向かいあうことのすばらしさを教えてくれます。

吉永小百合 編　男鹿和雄 画（汐文社）

『韓国三人詩集』具常《グサン》／金南祚《キムナムジョ》／金光林《キムクワンリム》

お隣韓国では、四人に一人がクリスチャンと言われています。それに加えて、韓国人はとても詩を好み、書店の詩集コーナーは、いつも新刊詩集を買い求める人でごったがえしています。それもそのはず、韓国の全出版物の一五パーセントは詩集であるということです。

本著は、そんな韓国の中でも、もっとも愛読されている三人の詩人の詩集です。具常は、一九一九年生まれで、大韓民国文学賞、大韓民国芸術院賞等受賞の国民的詩人です。「私がモーセの予知と震怒《いかり》を借りて」という詩は、旧約聖書の出エジプト記の「黄金の子牛の像」（偶像）を例に引きながら、経済至上主義の現代文明に警鐘《けいしょう》を打ち鳴らします。その一部を紹介してみましょう。

あなたたちが学校で不変の真理を教えたり習うためには
あなたたちはまず黄金の子牛の像を取り除くべきであり
あなたたちが病院から仁術《じんじゅつ》で病を癒《いや》してもらうためには
あなたたちはまずその黄金の子牛の像を取り除くべきであり

……

あなたたちが金持ちと貧しき者の隔《へだ》たりを埋めるためには
あなたたちはまずその黄金の子牛の像を取り除くべきであり

具常の詩は、真に人間が生きるべき道を具体的に指し示しています。韓国では、こんなにスケールの大きい詩が書かれているのです。

金南祚は、一九二七年生まれの韓国有数の女性詩人です。金南祚の詩は、どれも愛と祈りに満ちています。「神の童話」は「絶望とはこんなにも美しいものなのか」で始まる美しい詩です。金南祚は、自分の詩について、どこかに「必ず希望ある暗示を示したい」と語っていますが、この詩も絶望が神の救済へと発展していきます。金南祚の詩は、どれも深い精神性に支えられた信仰詩です。

金光林は、一九二九年生まれで、すでに韓国で十数冊の詩集を出している他、精力的に日本語の訳詩集も出版しています。本著に収録された詩は、すべて金光林の日本語によるものです。

金光林の詩に「一日にリンゴ三個を食う／一年にざっと千個を平らげることになる／ではわたしが食べた木はどれ程だろうか」（「林檎」）というフレーズがあります。この大陸的なおおらかさとユーモアは貴重です。金光林は、詩によって現在の日本と韓国の友情をつなぐ親善大使です。

権宅明《クォンテクミョン》訳／森田 進 編（土曜美術社出版販売）

目には見えない文字の力で世界の真実をとらえる

「文字のない手紙を書く詩人」第四の詩集『タイの蝶々』

桜井哲夫は、青年期にハンセン病を発病し、その後全盲となり、現在は声帯部分さえ冒《おか》されてしまっていて、読むこと、書くことはまったくできず、話すこともままならない。その詩やエッセイはすべて、盲人会職員の代筆によって世に送られてきたものである。『タイの蝶々』は第四詩集。

このような境遇から生まれてきた詩を、ついわれわれは「あんな境遇で、よくこんなにいい詩を作るものだ」などと、ある種の先入観をもって読んでしまう。しかし、これは作者の特異な境遇への同情でしかない。それでは、けっして桜井の詩を理解したことにはなるまい。

桜井の第三詩集『無窮花抄《むくげ》』（九五年・土曜美術社出版販売）が、同年度の日本詩人クラブ賞の最終選考に残り、詩壇の注目を浴びたことがある。日本詩人クラブ賞は、詩壇の最高峰に位置する賞の一つである。その意味で、桜井の詩は、同情で読まれる詩とは格がちがう。

たとえば、桜井にはつぎのような詩がある。

雪の降る夜はコタツに足を入れて
古里津軽の両親や兄弟や友達に
長い長い手紙を書いたものでした
遠い遠いインドネシアの島の××子さん
今夜も雪が降っています
文字のない手紙を
電気毛布の温かな布団の中で書いています

（「文字のない手紙」一連）

このように桜井の詩は、文字を持たないがゆえに、日常的な言葉の意味に幻惑《げんわく》されることはない。詩の言葉は、見えないものを書くということにあるというが、まさに「文字のない手紙」の文字は、（目に見える）文字以上の（目に見えない）文字の力によって、読み手の内面にまっすぐ届けられていく。

目に見えないものへの着眼。まさにこれは桜井の詩の真骨頂《しんこっちょう》である。

現代人の不幸は、なんでも見えてしまう、なんでも頭で解釈できてしまう、と錯覚していることにある。このことは、読む、書く、話すという機能が、詩のための必要条件ではない、ということを物語ってはいまいか。

一方で桜井は、読む、書く、話すということに頼らなかったことで、「健常者」も羨《うらや》む精神的境地に達することができたと言ってもよい。桜井の目には、神の設計したこの世界の真実が見えている。

肉体的機能の喪失と引き換えに、天からの偉大な賜物《たまもの》を授かったのである。
そして、ここには桜井を旗手としたマイノリティ（少数者）の文学が確立している。だから、われわれは桜井の詩を「健常者」の枠に収めて読んではならない。あるいは「健常者」の眼で対峙《たいじ》することも許されることではない。また、この詩集は、一人の詩人が戦後日本の貧しい医療行政に立ち向かい、勝ち取った真実の証言でもある。
この他、桜井の詩にはユーモア精神も盛り込まれている。

赤いさくらんぼの実を
口に含むと
ギプスを巻いた足が
ガタガタ騒ぐ
さくらんぼの木に登りたい　と

（「さくらんぼ」一連）

これらは、決して意図して作られたものではない。このようなユーモア精神が生まれるのは、桜井が文字を持たないことを卑下《ひげ》するどころか、自然な感情で、むしろ自らの生を積極的に肯定しているからであろう。

桜井哲夫 著（土曜美術社出版販売）

戦争からの永い生について
——朝比奈宣英詩選集『写眞』——

その存在が、本質的に読み手のキャパシティを超えてしまっていて、つねに時代の中に積み残されていってしまう詩人というのがいる。たとえば、戦前では日夏耿之介、川路柳虹、戦後では、岡崎清一郎、祝算之介、鷲巣繁男などである。この種の詩人は、華やかな脚光を浴びるわけでもないが、決して時代の中で消費されることもない。おそらく、朝比奈宣英も、そうした稀有な詩人の一人に数えてよい。現役では、他に仙台在住の尾花仙朔もこのタイプである。

朝比奈宣英は、戦前の梶原正之主宰の「新文学研究」会員を出発に、「大阪詩人」、戦後は第一次「柵」に参加。現在は「乾河」を発行している。その間、詩集『明日への舎』(一九四二)、『クリフホテル』(一九八三)、『歩道』(一九八八)を刊行。兵庫県芦屋市在住。

詩集『写眞』は、既刊詩集『クリフホテル』『歩道』に、新作を加えた選詩集である。これによって、朝比奈宣英の詩的世界の全貌が俯瞰できる。

パートⅠは、青春期に熱い思いを寄せたフランスに題材を得た詩群。パートⅡは、戦争体験を描いた「冷たい朝」「早春」「写眞」「標」「バイバイ」「終った日」「狼煙」の詩群。パートⅢは、戦後アメリカに滞在した際の体験を書いた詩等。私が、はじめてこれら朝比奈の詩に接したのは、十年程前のことであり、第二次「柵」に発表される詩の重厚さに圧倒され続けた。私は朝比奈の詩を読んで、まるで西欧の堅牢な建造物の中に入ったかのような錯覚に捕らわれた。朝比奈の詩は、東洋的な木造建築、機能重視のアメリカ的な構築物ではない。あくまで、何世紀もの風雪に耐えた西欧のそれである。

その青春期、朝比奈はフランスの芝居に興じる演劇青年であったが、戦争によって、その人生観は大きく変えられてしまう。突如舞台は暗転し、天空から「現人神」が舞い降りてきて、朝比奈もまた中国大陸戦線へと歩を進める。

そこで朝比奈の目に映ったのは、人間の想像をはるかに越えた凄絶な地獄図だった。

昭和二十年二月。中国南東部・南嶺山脈を
降り熄んだ雪の山中、銃を背にぼくたち兵
五名くったくなく歩いていたときだった。
おもいがけず米軍機に襲われて、斃れた戦
友の屍を焼いた。
櫓に組んだぬれた松の炎のなかにしたたたっ
た脂とうつくしい肉と、燻りながら噴きあ
げるすさまじい煙は冴えわたる白一色の山
峡に烽火のようにたちのぼり、風を捲いて

燃えさかる炎の音は凝視するぼくのなかに
雷鳴のように轟いた。

（「バイバイ」より）

このような過酷な体験を経て、人生観が変わらないほうがおかしい。この時点で、朝比奈内部の物理的時間は全面停止する。そして修復もされぬままの終戦。戦後朝比奈は、戦友たちの屍を懐に偲ばせかつての戦地へ巡礼の旅に出る。
そして、そこからのはてしない行脚。そこには、あらかじめつぎのような明解な答えが用意されていた。

疲れた。ぼくたちは。戦争からの永い生に。
闇は澱のようについにながれ去ることはなかった。団欒のなかで、不意に孤りになっていて寄せつけない。ぼくたちは客人であった。もはやこの人生に。狎れず、媚びず、
ようやくに節を保ち絶望を隠し。
さまざまなことがあって日が過ぎ、ひとは
待ちつづけて卒える。

（「川辺」より）

朝比奈の生は、戦争によって封印されてしまったが、それはこの世界の秩序の中での死を意味した。そして、かろうじて朝比奈に許されたのは、半世紀以上をかけて、戦争からの永い生を持て余すかのように、異界を彷徨うことだけだった。（朝比奈は、一九四三年二月から四六年夏に帰還するまで中国大陸にいて、同年兵五十数名のうち生還者は五名足らずとのこと）

朝比奈にとって、戦後憧れのフランスの地を行くことは、もはや内に溢れる演劇への情熱を満たすものではなかった。もしも青年期、戦争に遭遇しなければ、朝比奈は確実に日本有数の仏文学者になっていたであろう。しかし、その旅は単に敵地を確認することにしかならなかった。詩集『写眞』を貫いているのは、それがアメリカであり、他の国であり、こうした対象への愛と憎悪のアンビバレンスな感情と言ってよい。

ここでの、朝比奈の世界の切取り方は、従来の戦争体験者たちとはちがう。それは戦争体験者の目で、戦後世界を相対化するという非常にグローバルな行動となって現れていることである。詩集『写眞』は、朝比奈の名をもってはじめて得られた貴重な戦後的証言である。

（霧工房・一九九九年）

詩的言語宇宙と風

―原田道子詩集『カイロスの風』―

　ある意味で原田道子の詩は予察と啓示に満ちていて、これからの日本の詩のあり方を示唆している。原田の詩は、たしかに全体に意味がとりにくいが、それは言葉の意味が難解というのとはちがう。そこに、ある種のスケールを当てれば、おそらくこれほど分かりやすい詩的世界はない。その詩の背景には、非常に大きなメタファーが横たわっている。森常治によれば、それは「機能」「非線形」「増殖」「遺伝子」「毛細管」というものになる。そして森は、原田の手法は「言葉の敗残兵を組織化してゲリラ的に生命情報を手に入れ」ることだという。これによれば、原田の詩は思索と想像力が交差するところではじめて、その意味性が見えてくると言ってもよい。あるいは、もっと具体的に言えば、日本神話と現代思想の分岐、仏教とキリスト教の分岐、そういうところに答えが求められると言ってよい。ある意味で、その詩的世界は知性と感性、物質と生命という近代的な二項対立の概念を越えている。だが原田は、そうした概念の上に詩を作っていても、それらの論理を決して作品の中に導入しようとはしていない。むしろ、そこでの多様な概念は、詩の中では中和され、断片化されてしまっていて読者にはほとんど見えてこない。

以前、森常治は詩集『天上のあるるかん』について、「人間、生命、自然、人類がたどった歴史」とし、「常識的な前提（例えば、生命の貴さ、戦争の残酷さ）など」を「生物宇宙論的」な手法で書いていると述べていたが、原田の詩的世界が的確に言いあてられている。この特徴をさらに飛躍・深化、より発展させたのが『カイロスの風』である。

原田の詩には、あらかじめ一定の意味世界が用意されてはおらず、読者が恣意的にストーリーを作っていけばよい。それによって、ある面で原田の詩は感覚的に捉えてしまうことさえ可能である。また、そのように直感で読んだほうが味わい深い。それでは、いくつか具体的に読んでいきたい。

原田は、古今東西、国内外を問わず、現代思想から仏典までを読み熟すという、知的好奇心に溢れた女性であるが、ひときわ日本の古典文学への造詣が深い。たとえば「朱」という詩は、「暗く陰っている東屋の四隅に吊された灯籠」の下で、死んだ母と再会するというシチュエーションである。そして、一瞬母の顔は朱に照らしだされて、作者はその名を呼ぶが元の場所へ帰っていってしまう。そして母が去った後、作者は「ｎｏｉｓｅの中心に立っている万葉の樹に」「中有の弦月がかかっている」風景に佇むのである。ここには日本人の情緒に訴える抒情があり、解釈によってはこの詩は非常にオーソドックスな部類に入る。しかし、母との再会は、あくまで「宇宙的形態」で行われ、彼岸へと去った母を見ているのは「内宇宙の視線」である。そこでの現代の母子関係は、近世、古代を超越して、ついに人間誕生の瞬間へと遡及し始める。そして原田は、「ゼロをこえる内宇宙」の中で母と一瞬再会する。ここで原田は、自らの遺伝子を通して徹底した母性の追求を行っているのだろう。「か。ぜ。」も、「あいたいよ『形のないかあさん』に」と、遺伝子を通しての母との再会をモチーフとしている。
このような発想のダイナミズムこそ、もっとも優れた原田の個性で、他にも「かあさんのイクサ」は、戦争の残酷さを「生物宇宙論的」な手法で書いている。作者の前には、まず澄んだ「浄玻璃」があって、それはかつて母と何かを共有していたことの象徴か。そして、場面は実際の戦場に反転し、母は「まだまだ奔る戦場から／どういう応えがでても／『ゆるします』と銃をむける」ことに同意してしまう。この地上に人間が存在する限り、性欲、食欲と同じように悲しい業であろう。原田によれば、そうした戦を左右してしまうのは母ということになる。なぜなら、母は日々世界中に新たな戦士を作り出している。つまり、母ほど原罪を孕む存在はいない。「コスモス」という詩のテーマも母と戦争との関わりである。

に
怯えれば。怯えたら。「色即是空」なんてふらふらと嘘でもいいから印をむすぶ　自分ではない五
体を　おもい荷を降ろしていいかと唱えれば二十一世紀の宇宙のカオスに　また生まれるという
もの　あなた（と　かあさん）の果てしない交戦を準備する　きっと三十五億年前のそうだあの
偉大なかあさんの逆転。
あの
まさかまさかの。コスモスのゆらぎ
（二一～二三連）

ここで原田は、戦争について、ありきたりの平和とか人類愛に解決を求めない。こうしたテーマでさえ、独自の宇宙論的戦争論として展開する。たとえば、これからは戦争継続中の国は、それが終るまで女性は子を産んではいけない、という法律を作ったらどうであろうか。作り手が問題だが。それで地上からすべての人間が死に絶えたら、それはそれでいい。それこそ三十五億年前の母の逆転である。原田の詩を読んで、こんな大胆な推理を働かせてしまった。

原田の詩は、人間にとってなくてはならぬもの、しかしその実体は不明という、風や光のようなものなのかもしれない。最近では新川和江を祖として、岡島弘子、江島その美、高塚かず子など、水をテーマに優れた詩を書いている女性詩人が多い。しかし、原田は水ではなく風に人間としての生命の元型を見ている。そして原田は、それを旧来の母性神話に依存せず、自らの想像力で意識の古層と生命の元型を掘り起こす。原田の詩は、男女の性差を意識しないトランスジェンダーを感じさせる。

原田ほど多様性、多義性に満ちた魅力的な世界を作り出している詩人はいない。今後原田の詩を生命論、人間論というところに還元して解読していきたい。つまり、原田の詩を修辞から離れて、その予察と啓示の世界を聞き取るという方法である。ここでは、森氏の原田論に添いながら、『カイロスの風』の魅力を堪能させていただいた。

（土曜美術社出版販売・一九九九年）

詩集『イラク戦詩　砂の火』の刊行意義

中村吾郎は詩書の他、『実戦文章論』（詩画工房刊）という言葉の実務書、他にも戦国関係の著書も多く、こと文芸にかけては武芸十八般に精通した剣豪として名高い。丸山勝久が詩集の跋文で「その活動分野は、小説、評論、エッセイ、紀行文、童謡等の文芸全般に亘って」と書いているのも決して誇張ではない。私は中村の著書を評するのは詩集『ゆめ詩集　藹の葩』に続いて二度目であるが、その独自で清明な文体は、日本語の言語機能に深く精通し、またそれを最高の形で詩的表現として変換できる技量との二つを併せ持ったものとして、非常に忘れ難いものとなって記憶に刻まれている。

その中村吾郎が、一転してあまりに現実的な血なまぐさいイラク戦争への社会的な挑戦である。最近の私は詩人たちがあまり詩の芸術性を顧みず、安易に反戦平和の詩を標榜することに疑問を感じている。基本的に私は反戦平和主義者なのだが、詩の言葉の本質は現実事象と渡り合いながらも、そこに五十年、百年後に読まれても通用する普遍的言語が配置されていなければならないものだと考えている。詩的言語とは、後に歴史がさまざまな現実事象に審判を下したとき、そこでもある種の主張がし続けられているものといってもよい。かつて鮎川信夫や吉本隆明が戦後『死の灰詩集』の言葉は、戦前の愛国詩の裏返しだと言った根拠もそこにある。

それでは、具体的に中村の詩集『イラク戦詩　砂の火』の中身に入っていきたい。詩集を読んで思ったことは、その内容がほとんどつぎの丸山勝久の簡潔かつ適切な言葉で言い尽くされていることである。

氏は報道に依拠しながらも、ジャーナリスト・ルポライターの主義、思い込み、念い入れを消去し、詩人として、感情を込めずに、客観的に、冷静に、表現に徹して、これらの迫力ある鮮烈な詩篇を完成させたのである。

これ以上、私にはつけ加える言葉などほとんどないみごとな論旨の展開である。ここでの丸山の視点を基本にその内容をもう少し詳しく見ていきたい。詩人にとって、それが反戦であれ他の何であれ時事性をテーマにすることほど難しいものはない。たとえばイラク戦争であれば、新聞・雑誌などに現地取材を入れての大々的なカメラ報道の他、専門家たちの分析及び論評が掲載されている。そうすると、詩人は新聞報道の二次情報を書くか、論評をあたかも自分の意見であるかのように書くかのいずれかになり、まさに「ジャーナリスト・ルポライターの主義、思い込み、念い入れを消去」できない。愛国詩であれば「鬼畜米英、大東亜共栄圏樹立を目指して」などがスローガンとなり、「イラク戦争」であれば「ブッシュ政権反対、直ちに自衛隊のイラク撤退」といったステレオタイプの主張になる。しかし中村は、イラク戦争という難しい主題を扱いながら、そうした過去の表現方法にとらわれずある種の反戦詩集を作った。この詩集は詩篇全体が丸山の言う「客観的に、冷静に、表現に徹して」書かれているが、それは従来の叙事詩の範疇にも入らず、何か詩界に新しい「記録詩」のジャンルが現れたのではないか、と読者に思わせるところがある。一時アヴァンギャルド芸術の一環として流行った、モンタージュやドキュメンタリー的手法ともちがう。ここでは、あくまで事実の客観性、実証性が重んじられて、作者は一歩も二歩もその描写の蔭に隠れてなんらの主張もせず、一連の悲惨な事実のみが淡々と浮き彫りにされていく。その内容には、イラク戦争に関わるイージス艦「みょうこう」(「これは　戦争だ」)、第一次イラク復興支援隊　隊旗授与式(「隊旗授与式」)、日本の陸上自衛隊・イラク派遣隊(「装輪装甲式」)、ヤシン師殺害(「精神の指導者」)、日本人人質事件(「分からない三人」)、イラク人収容所虐待事件(「虐待」)と、イラク戦争に関わるすべての事象が網羅されている。これらの詩篇を通して伝わってくるのは、アメリカ・ブッシュ政権の横暴さと、それに間接的に加担する日本政府の無力さである。ここでは中村の言語的な特徴をみるため、短い詩「演説」を一篇だけ引きたい。

一年前は　百六十人
今年は　すでに八百人を超えた
イラク戦争での　米兵死者数である
戦没者将兵記念日
二〇〇四年五月三十一日
ワシントン郊外の　アーリントン墓地

ブッシュ米国大統領は　演説した
「我々が戦っている　対テロ戦争は
大きな犠牲をもたらした
そのおかげで　二つのテロ政権は
永遠に消えてなくなった
五千万人以上の人々が　自由に生きている
これらの戦争に参加し　大義に尽くした人々は
達成されたことを　誇りに思っていい」
六列を超える　白い十字架の群れは
何も応えない

すでに述べてきたように、中村の詩はぎりぎりにまで言葉を絞り込み事実のみを伝えて論評しない。たしかに、これらは「イラク戦詩」ではあるが従来型の「反戦詩」には入らない。それでは、なぜ中村はこのような客観的な表現方法で「イラク戦詩」を書いたのか。まず、大きな理由として考えられるのは、作者の主義主張を軸とする従来型の反戦詩とは別の「超・反戦詩」の措定という修辞的判断である。つまり、従来型の反戦詩は、詩人が平和活動家の一部を担うことで、結局は全体が「反戦・反核・反米」の論調となり、それを書いた作者の自己満足で終わってしまうものが多かった。そうした過去の反省から編み出されたのが、すべての戦争の真実を事実のみに語らせる『イラク戦詩　砂の火』の修辞的方法ではなかったか。そこまで中村が意識化していたかどうか、定かではないが、私はこの中村の表現方法を、新しい反戦詩の方法の在り方の一つとして積極的に支持したい。

ある面で、この詩集は激しくアメリカを糾弾したり、アメリカ中心の文明社会にアンチを唱えたりはしておらず、従来型の反戦詩になじんだ読者には物足りない面があるかもしれない。しかし、かつての愛国詩アンソロジー『辻詩集』や反戦詩アンソロジー『死の灰詩集』をみても、そのほとんどは現在の詩界の中で役割を終えているが、そこで生じた事実の重さは決して主張を失っているわけではない。しかし、残念なことに太平洋戦争下でも戦後民主化の過程でも、中村の思いを伝えるより事実を伝える『イラク戦詩　砂の火』のような詩集は生まれなかった。詩人は思いを優先することで、中村のように事実を直視できない習性があるのかもしれない。その意味で、詩集『イラク戦詩　砂の火』は未来への贈り物として、今後十年、二十年、半世紀を経て、この時代を振り返ったときにこそ真価が発揮されるのではないか。いずれにせよ、このような大胆なアイデアと緻密な描写を併せ持つ詩集が刊行されたことを喜びたい。

（詩画工房・二〇〇四年）

新たな批評への視座

――山下久樹『解釈と批評はどこで出会うか』――

私が詩論らしきものの執筆に手を染めてから、およそ二十年になる。はじめの頃は、対象に対してなんとか言葉を並べるのが精一杯であった。それまで実作一辺倒できたものからすれば、詩論作りは恐ろしく難儀な作業に感じられた。そのうち、詩論を書き始めた私をみて、「詩論なんていうのは頭のいい奴に任せておけばいい」と、暗に「そんなことはよせ」と諭す者も現われた。これは、面と向かって自らの能力のなさを指摘される以上のショックであった。たしかに、当時の大御所吉本隆明、北川透や、「現代詩手帖」の誌面を飾る若手批評家たちの文章を前に、とうてい追いつけない能力を覚えたのも事実であるが。

だが、ここで私が言おうとしているのは、二十年が過ぎて、詩論が書けるようになったことの苦労話等ではない。やはり、詩論作りへの思いは当時と変わらないし、できれば詩論などはその筋の専門家に任せて、実作に専念できればいいとさえ思う。しかし、今の詩界にはマスコミと癒着した権威的な存在、あるいは御用的な論客、仲間褒め専門の自閉的用兵の三種類の批評家群しかいない。これでは、自らの作品も含めて、ほとんどの詩人に光は当てられることはない。そうした批評の閉塞状況にあって、ちいさな声でも言うべきことを言おう、というのがこれまでの、私の詩論のスタンスであった。

山下久樹が、どのようにして詩論に手を染めたのかはしらない。経歴をみると、皇學館大学大学院修士課程を〈漱石作品の研究で修了〉とあり、私とは違いはじめは詩の研究者から出発したものと推察できる。同じ詩論を書くにしても、批評家と研究者、こういう分け方はどうかとも思うが、そこには明らかに手法の違いがある。研究者の価値基準は、何を重視し、どんな文献を参考にして書いたかという実証性・客観性の重視にあるが、評論家にはここまでの緻密さは求められない。あえて言えば鋭い視点があるかどうかか。

山下久樹の『解釈と批評はどこで出会うか』の解釈と批評は、一応解釈を詩の研究に、批評を詩の評論に対応して考えることができる。これまでの詩論をみていくと、研究者は実証性に優れていても批評性に劣り、批評家は勇ましいが客観的な姿勢に欠ける、という側面があったことは否定できない。たとえば、吉本隆明の『戦後詩史論』にしても、どこまで戦後詩全体に目配りし、それを書いたか疑わしい。はじめに私が畏敬を覚えた批評家たちも、思ったほど参考文献を読み込んでいないことに、途中から気付いた。一部の傾向のみをみて、そこに断定を下す物言いは研究者としてのそれではない。本著をすべて読み終えて、そうではない、久し振りに詩界に研究的視点（実証性・客観性）と批評性を兼ね備えた、公平で信頼できる詩論家が出てきたことを思った。しかも、山下にはどちらからも柔軟に対象に切り込んでいける高い批評能力がある。このようなタイプの詩論家として、かつて詩界に杉本春生、原崎孝がいた。おそらく山下は、彼らの仕事を継ぐ逸材とみて差し支えないと思う。

本著での山下の批評領域は、専門の夏目漱石、近代文学全般、近代詩から最前線の現代詩まで幅広い。さらに、伊良子清白、伊藤桂一、竹内浩三という郷土ゆかりの詩人への論究。口語と文語の関係について論じた朔太郎論も出色。また福田恆存を論じた政治と文学の問題も貴重。どの項目も、研究者としての自負によって貫かれていて、とうてい揺るがせにできないものを孕む。

山下の魅力は、論証を研究者的な視点で緻密に行い、結論を批評的な視点で大胆に仮説化するということにある。これは、なまなかのことではできず、いわゆる膨大な資料の読み込みという知的蓄積の用意があってはじめて可能である。

それでは、この著書の中で、山下は何を言いたかったのであろうか。まず詩人としての表現領域の問題が上げられる。人間の知性はある時点まで対象を論理化し、読者を一定の結論へと導くことはできる。しかし、文学全般を考えたとき、知性だけではカバーできない、フロイトのいう無意識層、ユングのいう集合的無意識（元型）のような、そこには神の領域というか、人智の及ばない領域がある。よって本著は、解釈と批評をクロスオーバーするが、ここにもう一つそうした不可知の領域への探究を加えてもよい。そうすると、よりよく本著の内容が味わえると思う。

これら文学の不可知的要素は、言葉について語ったウィトゲンシュタインの「語りうるものを明瞭に語り、そして語りえないものについて沈黙しなければならない」（『論考』序文）という思想にも通じる。ここで山下が問題にしたのは、詩や小説の解釈を通してさらに解釈されえないものの実体、逆に批評を通してそこから感覚的に明示されるもののありか、そうした言語のアンビバレンツな側面ではなかったか。このようにして読むと、全体が分かりやすく理解できるように思う。

第Ⅱ章の「技法と詩想」で、山下は詩語の在り方をつぎのように規定する。

詩を実作する者ならば自明のように、通常の言語の意味性、規範性を逸脱していくというところに、散文と異なる詩の本質が存在する。「難解さ」を恐れずに、言語秩序の可能性をその極限まで進めようとする試みは、新しがり屋のダンディズムでもなければ、西欧かぶれの物真似ポーズでもない。詩を通常のメッセージとしてでなく、既成の秩序や眼前にある自己を含めての現実といったものへの批判、否定として、社会的秩序の反映である言語の意味性を逸脱、解体しようとすることによって、詩は作者の精神の直接的表現になるのである。（P九六）

詩を読むにあたって、われわれは山下の言うように日常的な意味性を享受するのではない。むしろ、詩人の言葉は一般読者がいうところの「非意味」「無意味」「未意味」という難解さについて、それらを逆説的に新たな意味の開示へと変換していかなければならない。ここでの山下の論拠は、難解さが否定される風潮にあって、ずいぶんと納得の行くものである。

これらについて、具体的に言うとどうなるのか。それについては、漱石論の箇所から参照したい。山下は漱石の『文學論』の「超自然的要素」を引用しながら、つぎのような結論を導き出している。

極めて自然な形で展開していって、不可思議な結末に至る、こうした構成こそ文学的感動とともに読者を不思議な気分にさせるものである。（P四四）

私はここでの山下の「超自然的要素」を、「非意味」「無意味」「未意味」の超越的言語として読んだが、その「超自然的要素」とは「『自然の法則』（イコール合理的因果律）では解釈できない」ものであるという。いずれにしても、詩人は一般読者を「超自然的要素」の内側に取り込み、日常的な意味性とは別次元での言葉で詩的感動を与えていかなければならない、ということになる。

そして、山下は漱石文学の解釈を通して、文学の本質をつぎのように結論づける。

不可知なものとして人間心理を認識している眼と、他方人間心理のメカニズムを何んとかとらえたい、という論理追究と、その両者が漱石の初期作品のいくつかの表現から言い得るのである。

（P五〇）

ここでの「人間心理を認識している眼」を批評の領域に、「論理追究」を研究の領域に対応させ、さらにそれを言語領域と非言語領域に細分化して考えてもよい。

詩の言葉の対象は既成の言葉によっては翻訳できない事象なのである。こうしたことから、山下は漱石の『明暗』に対し、「多くの登場人物達の複雑な心理を解剖することによって、彼等の我執——自意識——を描き出すと共に、それらと関係しながら、人間をつき動かす『暗い不可思議な力』を描こうとしたのである」と独自な見解を示す。「暗い不可思議な力」は詩の言葉にも共通する。

山下は、奇抜なモダニズム詩の言語実験を擁護しながら、「感覚や感受性や語感はそれだけで成立するものではあり得ない。その背後に、そのときの作者の生活感情が存在するはずである。それが表現意識を左右する」（Ｐ一〇一）としている。詩と読者の関係について、「生活感情の革新性と表現技法の新しさとが直接結びついているかどうかということが、読者の世界につながっていく」（Ｐ一〇一～）と述べる。

山下の分析は、詩の本質を言い当てながら、詩と読者の関係を端的に語っていて興味深い。言い替えれば、言葉による生活革命の実践と言ってもよい。これをベースに、北園克衛、金子光晴、中原中也、三好達治という近代詩人から、高橋睦郎、田村隆一、北村太郎、吉岡実、谷川俊太郎、大岡信という戦後詩人、稲川方人、平出隆、松浦寿輝、井坂洋子等という現代詩人までの詩に幅広く考察を加える。この項は詩誌「鳶」「馬車」に連載したもので、本著の核を為しているとみてよい。山下は各時代の詩人にわたって、彼等が自らの詩想をどのように表現したかの分析を行う。吉岡実の詩は難解とされているが、山下はその「技法と詩想」の本質について、意図的に意味論的秩序に収まらないように構築されていて、つまりその詩はずらしや順序の変換によって為されていると指摘する。

たとえば、吉岡実の「少年」（『サフラン摘み』）の最終連の書き出し六行、「眼のなかで水をつりあげ／もしくは太陽をつりあげる／水母神がいるように思われた／岩棚の奥に／天然自然のものを／人々は多く窓から覗くことしかできない」について、そのずらしや順序をつぎのように整備して書き直す。

「岩棚の奥に水母神がいるように思われた、天然自然のものを人々は多く窓から覗くことしかできない、眼の中で水をつりあげもしくは太陽をつりあげる」。こうすると、たしかに意味が通じてくる。

こうした試みこそ研究と批評を兼ね備えた山下の真骨頂である。

一方で、山下は同世代の現代詩人への批評となると厳しい。稲川方人の詩に対しては「世界の不毛性をたてにして、自らの表現を容認している点を私は認めることができない」（P一二四）とし、松浦寿輝や井坂洋子の詩に対しては「次々に消耗されていく現代の言語媒介から、自分の詩的表現を守るために、ずい分後退したものになっている」（P一三七）と述べる。ここで、山下は詩に「事物を自分の心の中ではっきりととらえていること、或いは確かな感情を湧きおこす現実が存在していること」（P一三一）を要求しているのである。しかし、松浦たちの世代からすれば、「荒地」「列島」の戦後詩人、谷川や大岡、吉岡たちのポスト戦後詩人たちのように、自らの言葉の背後に現実を映し出す歴史的必然性がない。それによって、彼らの言葉が、世界の不毛性に同調し、歴史的状況からの後退を余儀なくされてしまうのではないか。いずれにしても、このように山下が解釈と批評という観点から戦後詩を論じたことは斬新で、詩界全体への大きな問題提起となったのではないか。

本著の解釈と批評という視点は、今後の現代詩を考える上で有効的である。私は山下の独創的な視点が、今後詩界全体の中に浸透し、豊かに結実していくことを望みたい。（砂子屋書房・二〇〇三年）

タロットカードが告げる真実
―久宗睦子詩集『絵の町から』―

詩的行為とは啓示と予察をもって丹念に言葉を紡ぐことである。それははるか永遠に向けての発信行為として、目の前の物理的時間を瞬時に質的時間に変えることができる。あるいは人間の誕生から現在、そして未来までを含む普遍的時間の産出と言い換えてもよい。散文になくて詩にあるのは、こうした時の経過に摩耗されない無限・永遠への意識的な対峙の仕方である。

久宗睦子さんの詩の特徴は、そのモチーフが〈外部の内在化〉、〈内部の外在化〉であるかを問わず、こうした質的時間の確保を核に構築されていることである。そこでの久宗さんは現世という舞台の上に立ち、凡庸な日常（物理的時間）を一瞬にして質的時間に変えてみせるマジシャンであると言ってよい。そして、このマジシャンの特徴はおそろしく知性的で美貌の持ち主ということもつけ加えておきたい。その意味で、久宗さんがこの詩集で神秘な「タロットカード」の世界に牽かれたのには必然性がある。久宗さんは、そこで「うまれるまえから　わたしたちは契った／月と星を媒酌人として／湿地に小さな白い花を咲かせる／菌根植物の銀龍草のように」（「aより」）と書く。タロットカードには人間内部の原型を表わす大アルカナがあるが、その二十一種類のうち、星は未来への「希望」を表わしている。しかし、それも憧れで終わってしまうことが多いという。また「月」は「幻想」を表わし、犬と狼の遠吠えで不気味なカードであるとされる。久宗さんの人生は、必ずしも幸運とはいえないそれらの運命カードを起点に、意識・無意識内部をくまなく探求し、すべて言葉へと置き換えていくことになるのである。一見久宗さんの繊細な抒情には、日常の猥雑さとは無縁の美的世界が感じられる。それはまるで天上から降ってきたかのような旋律でわれわれを魅了するが、しかし、そこにはつねに表裏一体の希望／絶望のアンビバレンツさが潜んでいるのを見落としてはならない。その理由の一つに、久宗さんは女学校生活を台湾高雄で送り、戦後四六年、引揚船にて帰郷するという特異な原体験があり、その後の詩はすべて、戦時下異国での戦争体験が踏まえられているものと見てよい。さらにそこから、久宗さんにとっての詩は過酷な現実を中和して生きるための切り札《ジョーカー》になったのではないか。

　ここで私は、他者の目から幸福な人生を送った、あるいは送っていると見做される人が、いかに日常的に不幸カードを飼い馴らし、それを維持しているかの意味を考えたい。久宗さんがそうだと言える根拠は何もないが、久宗さんはすべての災厄を自らの学習機会と捕らえて、他者が望む幸福カードへと変えて人生を過ごしてきたのではないか。その意味で、久宗さんの詩が孕む透明感とは、現実を棚上げしたものではなく、すべて詩というジョーカーに現実の苦難を還元し生み出されてきたものだといえよう。そして、さらに驚くのは、久宗さんの詩にはそうしたネガティブな痕跡が幾ばくも残されていないことである。

　久宗さんの詩では主語がつねに複数で現われるが、それは広義に考えれば、その時々の人生で触れあった同伴者であり、あるいは不特定多数の他者の言い換えかもしれない。しかし、「私」ではない「私たち」と匿名化したのにには明確な理由がある。人は仏教でいえば輪廻転生、キリスト教にはそうした概念はないが、あえて言えば死後の復活がそれに当たる。久宗さんのタロットカードでの問いとは、いったい自分がなんの生まれ変わりで、そしてつぎは何に生まれ変わるのか、という思いの象徴に尽きるのではないか。だから、死後とは私が不在の現実のことではなく、私の霊魂はある種の原型として現世のだれか、あるいはどこかに留保されて、すなわち自らが匿名化されて、不特定な「私たち」の中で生き続けていくことをいうのであろう。久宗さんによれば、それは数十億年、輪廻転生を繰り返してきた「私」ではない「私たち」のいとなみということになる。その意味で「タロットカード」ほど、久宗さんの詩の本質をずばりと言い表わす作品はない。

他の作品は、すべて「タロットカード」というモチーフから修辞的に派生したものと考えてよい。久宗さんのエキゾチックな風貌と物腰には洋館と坂道が似合うが、そこで思い出したのは、久宗さん同様、幼年期の心理を描いた傑作有島武郎『一房の葡萄』である。しかし、久宗さんのメルヘンには「ヤマカガシ」のように毒があり、ずいぶんと内容は屈折している。たとえば「絵の町から」の顔を持たない母の相談相手、「あの庭で」の家の略奪、「知っているかな」の既視感、「けはい」の疎外感など。これらはすべて人間の行動形態を表象しているが、ある種の原型の現われであろうか。つぎの章「あそび」には、少女期から一個の女性性に成長する久宗さんの性的過程が内包されていて興味深い。この中で久宗さんの詩のイメージとして「睡蓮」に出てくる「フェルメールの海の白」が印象に残る。つぎに久宗詩学の真髄として、「らせんかいだん」の快楽の後に漂う腐臭のイメージはしばし脳裏を離れない。「海の風景」章には、この地上での滞在を終えた人間は、いったい何を始末し、永遠の時間へと昇華していくのだろうか、という問いがある。この詩集は謎解きの宝庫で、それ自体いくら書いても書き尽くせない「タロットカード」である。あらためて、久宗さんの想像力の深さと、詩は想像する仕事以外の何物でもないことを知らされた。

（本多企画・二〇〇四年）

巨星三浦清一の詩と生涯
―藤坂信子『羊の闘い』―

藤坂信子著『羊の闘い』は、戦中から戦後にかけて、文化面、宗教面、政治面の三つの領域に多大な足跡を残した三浦清一の評伝である。ともすれば著名人に偏向しがちな出版文化の中、三浦のような人物に光を当てた本著の功績は計り知れない。また、この書は単なる偉人伝ではなく、一人の人間の生き方を通して、日本近代そのものの再検討を迫るというアカデミックな側面を併せ持っている。

三浦清一はアングリカン・チャーチの日本聖公会司祭を経て、プロテスタントの日本基督教団牧師に就任。この間三浦は聖公会有数の雄弁家として、教区巡回教師の任務に就くほか、福岡神学校教授、立体農業の推進として「阿蘇兄弟団」の創設、沖縄ハンセン病への取り組みなど幅広い活動を展開。戦後は日本社会党の県議会議員に当選するが、ある面でこれはキリスト教とマルクス主義の統一的な止揚である。藤坂は、これら三浦の目指した特異なキリスト教伝道の本質について、ずばりそれは社会悪と戦う「神の福音」の為であったとする。それについては、賀川豊彦の信仰復興運動からの影響が大きいともいう。

藤坂は三浦について、「牧師と政治家の兼任はかなり珍しい」と書くが、これに詩人という肩書が付き、さらに日米混血の出自、石川啄木の妹にして聖公会婦人伝道師光子を妻に持つ生涯が加わるのだから尋常ではない。

ここで藤坂は、この巨人の内実と歴史に一切妥協を許さぬ態度で真っ向から挑む。その中でも、三浦の生涯と照応する形で、日本のキリスト教受容の実態と日本近代史の緻密な分析は資料的価値が高い。戦時下のキリスト教各教派の動向に藤坂が精通しているのには驚く。とりわけ筆者が興味深かったのは、三浦は戦時下治安維持法違反で捕まるが、時代に翻弄され、その後「天皇信仰主義」に転向していったとする記述である。

三浦の活動基盤であった熊本の地は、横浜バンド、札幌バンドと並んで日本プロテスタント三大源流の地としてしられる。本著はそうした熊本の歴史的側面を丁寧に掘り起こした点でも評価できる。

（熊日出版・二〇〇五年）

曼陀羅宇宙の言語空間

―溝口章詩集『残響』―

二年程前、比叡山延暦寺内の研修道場「居士林」に立ち寄ったことがある。「居士林」は一般人に開放された密教の修業道場で、研修内容は坐禅止観、写経、食事作法、和尚の法話などであるという。溝口章の詩集『残響』を読み終えて、ふと、その時の修業道場「居士林」の凛とした光景が頭を過った。溝口の詩は、一冊の詩集の骨格がまさに「居士林」という物理的空間で、そして、私には詩の内容がすべてそこでの修業の有り様にも感じられたのである。このことは、あとがきで溝口が「二〇〇五年桜の咲く頃、書写山円教寺を訪れ、宿坊に泊まった」という記述からもうかがえる。ちなみに、書写山円教寺は「西の比叡山」とも呼ばれている天台宗の古刹である。さらに、そこで溝口は「『一遍聖絵』に『弘安十年のはる、播磨国書写山に参詣給。』とある。そのことが念頭にあった。」ことから書写山円教寺行を決意したことを記している。一遍は踊り念仏、時宗の創始者で遊行上人、捨聖《すてひじり》とも称されていることから、ここでの密教の教義とは論理的には一致しないこともあろうが、あえてその宗派的な意味は問わないことにする。あくまで、溝口の切実な思いが書写山円教寺に向かわせたという事実のみに着目したい。

渦状に湧き立つ穴の奥深く　潜む気運は
声明《しょうみょう》と入り混じり
堂内に仄暗く　反響する。

（「未知のことばで」）

いずれの声がこの耳を遮るのか
私は座し　ひたすらに咒符の紐にとりすがって唱えている
オン　バザラタラマ　キリク　御身は〈存在する〉と

（「暗夜の咒符」）

若い僧が奇妙にも白布を固く肩から胸へ背から腰へと
身に巻きつけて
堪えている
創口はどこにあるのか

（「転生」）

溝口の格調高い詩言語がまるで密教の声明のように読み手の胸を揺する。ここには日常の汚辱にまみれた言説が忍び寄る隙などない。だが、ここにある言葉の響きは日常を等閑視した形而上的なものとも趣がちがう。むしろ、ここに著わされているのは、アメリカ・グローバリズムや、それに雷同する戦後日本の欺瞞性を充分内部に引き付けつつ、同時にそうした世俗性を外部に捨象するアンビバレンツかつ批評的な言説である。

そして、ここでのアンビバレンツな諦観と批評の二重構造は、宇宙や超高層建築という近未来空間に軸を置きつつ、神話及び『閑吟集』という古典によってそれを中和するという独自な修辞的効果をもたらすことになる。おそらく、ここで溝口は、人間内部に潜む闇と光（世俗と非世俗、精神と肉体）の二項をある種の密教的なもので統一的に止揚することを試みようとしたのであろうか。

溝口の外部事象への批評的なイメージは、つぎの詩のように超高層ビルが林立する都市空間の中心へと収斂する。

窓は小さく覗きみる都市は　もの憂げな光の無のなかに安らっていた　そこが新都市と名づけられたのは　時間がとうに死んでしまっていたからに違いない　おそらくは誰しもがそのことを知っている

（「抽象の都市」）

仄暗い空の下　小窓に覗く都市のモニュメント　日は傾いて　壁面を被い尽す鏡状の幾何学的象嵌に無量の灯がともる　支配の群立

（「鹿杖《かせづえ》」）

溝口にとって、都市とは頽廃した現代文明の象徴であろうか。ここに流れているのは、ただ現世に身を任せるだけの他者によって選ばれた死んだ時間である。それは六十年前、容赦ないアメリカの爆弾攻撃の下、為す術もなく崩れていく日本各地の都市空間、そして戦火の中を阿鼻叫喚する人間の中に流れていた時間と何も変わっていない。溝口の精神的位相にあって、それら新旧二つの都市空間は六十年の歳月を隔てて合わせ鏡のように一つに結ばれている。

キリスト教的ユートピアは、死こそ世俗の苦役からの解放であって最高の喜びだと規定するが、ここにはそうした楽天的な見方はまるでない。それは裏を返せば、この詩集のすべてが、自己の肉体を通して宇宙との一体化を求める実存的な発想で貫かれているということもいえる。溝口はアメリカ支配の中、現在の疑似的平和（戦争の裏返し）を享受するだけの日本によほど我慢がならないのだろうか。

もう一つの修辞的特徴は「始源のものは球体だ」（「球体」）とする身体論的な認識である。

かぜが　球体を支えている
おそらくは　そのてのひらで
しかし　私は　そのかたちを見ていない
（「球体」）

アンダンテ・ノン・トロッポの（自転する球体の歌）
絶望はなんと希望のように歌われているではないか
上昇する死のモニュメント　ナルシスの丈高い鏡面に映されながら
球体は雲と共に空を漂う
（「回転」）

詩集全体を見ていくと、それが無意識なのかどうなのかは分からないが、至る所になんらかの球体のイメージが繰り返し出てくる。それは、この詩集で溝口が、過去の仏教的世界に行脚するとみせかけながら、未来から現在を照射するという仕掛けを講じていることの現われでもある。

つまり、この詩集のテーマの核心は、仏教的な世界を機軸に、一方での科学的なイメージの混合をどう読み解くかということになる。そこで私は、これはある面溝口に苦笑されそうだが、ここでの球体のイメージは曼陀羅宇宙（サンスクリット語で円）のことではないかと推察してみた。詩集『残響』は現世での精神的葛藤の有り様を独自の言語的空間に置き換え、そこに壮大な曼陀羅宇宙の意匠を思い浮かべ編まれていったものではないだろうか。ある面で現世への訣別、黙示録的な意味合いもあるが、この詩集の意味を「ある遠い記憶と物語とが　底なしの死の国からいつの日か甦り／眼前の水と光のざわめきに似た　未知のことばで／この世界を埋め尽すのを」（「未知のことばで」）とあるように、ここではあらゆる困難を越えて生きる詩人の希望の言葉とみていきたい。絶望を希望に変えるためのメッセージとして。

（土曜美術社出版販売・二〇〇五年）

抒情の痛みと超越
——宮崎亨詩集『空よりも高い空の鳥』——

私は青春時代、ある種の詩的な啓示を求めて軽井沢、富士見高原、美ヶ原高原、上高地、松本、小諸などを訪れたことがある。すべからく抒情詩人の風土的なルーツは信州にあるというのが私の定説で、宮崎亨は一九四三年、その長野県野沢温泉に出生している。詩集『空よりも高い空の鳥』は、全篇まさに自然が神の領域で止揚された透明な抒情世界が展開されている。宮崎もまた、信州という抒情的風土が生んだ詩人の一人だといえようか。

丸山勝久が詩集の帯で、宮崎の詩について「存在の確かさと危さ。認識するとは、どういうことか。詩人は月になり、雲となり、読者を、禁断の域を超えた未知の世界へ、未踏の境地へと誘ってゆく。」と記しているが、たとえばつぎのような詩の展開にその特徴がみられる。

河は
いなくなったひとを探す旅をしている
いりくんだ峪や目もくらむ断崖

断崖の淵で立ちすくんでいたとき
耳元にあのひとの囁きがきこえた
（略）
河はそれから探しあるいた………

（「河」部分）

この詩は自己の投影である河が、日常でつぎつぎに出会う現実風景との対峙をうたった高度なアレゴリー作品である。ここで「いなくなったひとを探す」のは私ではなく、私の存在を超越した河である。そして、この河は最後に「まだ見たことがない海の匂いと圧力で／水のおもてにざわざわと三角波が立ち／あらたに浸透してくるもので満たされる」ことで、自然界の神秘さと内面世界の一致を図って閉じられる。いずれにしても、作者にとって自然は内側から何かを発信するための命の源である。「影」という作品。これも〈人に対する影〉から〈影に対する人〉に主体を入れ変えることで、人間の真実を深く掘り下げた意欲作。

そよ風がとおり抜けてゆく木陰
にんげんが汗を拭いているとき
影はどこでやすんでいるのだろう
影は影のなかに消えると錯覚する者もいるが
そんなことはない

息をひそめて休んでいるのは影の方で
にんげんはそこでお相伴をしているだけだ

（「影」部分）

ここで宮崎は自らの存在を「影」という位置に透視することで相対化してみせる。こういう自らを一旦物に還元する手法は、宮崎の詩にある種の超越的イメージを喚起する。たとえば読者は、そこから生まれる「空というおおきな泉のなかから／雪は湧いてくるのだ」（「雪」）という言語の表出に圧倒されるだろう。宮崎の言語領域はもはや人智の及ばない「空よりも高い空」にあるといってよい。

第Ⅰ章は「月」「雲」「河」「影」「雪」「玉」「秋」「凧」「牛」「馬」「猫」という漢字一文字の作品で構成されている。視覚的にも美しい。

続いての第Ⅱ章のタイトルはすべて鳥の名前である。ここでは、さまざまな鳥の特性を巧みに援用しつつ興味深い深層心理劇が展開される。たとえば現代の格差社会が生み出す破産を描いた「十姉《じゅうし》妹《まつ》」。「スーパーのレジのうしろ／義援金の壜に捨てられた用済みの一円玉／ガラスの骨壺に収められた／白い無縁仏」とあるのが印象的である。何億という金が動く成金王国日本、そして、もう一方に一円玉に喩えられる名もなく貧しい人たちの群像。宮崎はそうした現代人の悲哀を独特のアレゴリー表現で描いている。

「胡錦鳥《こきんちょう》」の冒頭のフレーズ、「かどわかされた虹の子が／売られた小鳥店の店先で人目に晒され／うっすら濡れた眼に／小さな虹をたくさん写しながら／はるかな虹のふるさとを見ている／地の道も星の河も尽きる胡の国の／美しい小鳥／それが虹の子につけられた名前」は、この箇所だけでも独立した美しい比喩として忘れ難い。こうした宮崎のこまやかで抑制された思いが異性に注がれたとき、「人がみなつとに認める美しい女は／決して誰かが所有してはならず／誰かの所有に帰す程度のおんなは／だんじて美女の名には値しないのだ」との断言に行き着く。おそらく吉永小百合を自分のものにしようとはだれも思わないし、M・モンローとJ・ディマジオの結婚生活も長くは続かなかったのも自然の摂理なのか。この意表をついた女性観はものごとの真理を深くついている。

つぎの「薄雪鳩《うすゆきばと》」は鳥の番の生態を描いていて、それはこの世を生きる作者の化身か。渾身の性愛ドラマが闇を貫いて屹立する。人なつっこい素顔が印象的な「日の丸鳥《ちょう》」。詩集タイトルの「空よりも高い空へ昇る」のは「小紋鳥《こもんちょう》」。化粧して「おとこの値踏みをする女」を描いた「朱嘴錦静鳥《しゅばしきんせいちょう》」。「金糸雀《カナリヤ》」は作者の内面の混沌を描いた快作で、「カナリヤのK」は「何日寝かせても腐敗せず／顔は乾漆仏の菩薩の微笑」。「カナリヤのG」は「虚空を鷲掴みにしたまま硬直し／顔は驚く速さで腐敗が進み／たった一日で眼窩が陥没して髑髏になった」という壮絶さ。この詩の行間から立ち昇る作者の訴えは深い。「かつてあなたは／白人でも黒人でも黄人でもない／爪の先まで真っ青な青人であった」とする「青輝鳥《サファイア》」は青春へのオマージュとして書かれたものか。現代の合法的な人買いをモチーフとした「紅雀《べにすずめ》」では「安価な奴隷／日本の小商人に渡るまでに／生き残れるのは半分以下／淘汰は織り込み済み」と鋭い批評精神が発揮される。現代の抒情はこうした批評精神がバックボーンにないと感動を生まない。

第Ⅲ章。「サーカス」は不幸の連鎖によって運命に翻弄される人たちの群像を描いた作品。この詩を読むと、作者は自らの内部に「影」を抱えて生きることを余儀なくされてきたのかもしれない。最後で「今日もサーカス小僧は飛翔する／空中天女の胸に」というフレーズに出会ったのがせめてもの救いか。「耳鳴り」は、この詩人の詩的世界を集約したかのような超越的言語によって満たされている。

宮崎亭の詩を解読するのはそんなに簡単ではない。それはこの詩人にとって詩が、つねに自らの分身として、きわめて厳粛な儀式のように読み手の前に差し出されてくるからである。それは他者である読者の解読を拒むということではないが、そこにはだれにも悟られないように、何かを隠しもって懸命に日常を生きてきた作者の決意のようなものが読み取れる。いくら詩人であっても、その複雑きわまる内面を安易な形で共同することは難しい。

おそらく詩人は詩語を人為的に生み出すのではなく、すでに自然界にあるべき有象無象の事象を、なんらかの啓示によって感受する機会を偶然与えられているにすぎない。宮崎亭の詩集を読みおえて、詩人はある種の超越的事象を日常言語に翻訳することを委託されていることの意味をつよく思った。メッセージとして。

（土曜美術社出版販売・二〇〇六年）

清明な抒情が放つ光彩

―新・日本現代詩文庫48『曽根ヨシ詩集』―

日本現代詩文庫の一冊として、土曜美術社出版販売から『曽根ヨシ詩集』が刊行された。近年では群馬から崔華國、桜井哲夫に続いての文庫収録の快挙である。本文庫には十代で作られた詩集『声のない哀しみ』から、最新詩集『伐られる樹』（帯文・新川和江）までの六冊の詩集のほとんどの作品が収録されている。文庫解説の中で石原吉郎が、曽根ヨシの詩について「怒りがやさしさの保障であるとき、そのやさしさはすでにやさしさ以上のもの」と語っているのが印象深い。この他、巻末の年譜、「愛と喪失の哀しみ」などのエッセイによって曽根ヨシのほぼ六十年にわたる詩歴の全容を見渡すことができる。

曽根ヨシの詩の特徴は、日常の生活体験を通しての精神の像姿の在り様を極限にまで映し出してみせていくことにある。その詩は石原が「怒りがやさしさの保障」と指摘するように複雑な人間感情を内包するが、そこには現代詩が持つある種の前衛的な排他性はなく、読者に生活人としての温もりを感じさせて親しみやすい。こうした感性の鋭さと言葉の温順さを併せ持った清明な抒情性は、これまでの曽根の六冊の詩集を通底する基調だと言ってよい。

この文庫には、習熟期の作品に混ざってまだ未分化の詩的感情を残す十代の詩集が収録されているのが珍しい。おそらく曽根はこの時点で、自らが発した言葉によって自らが深く傷つき、そして同時にその言葉が自らをも救済するアンビバレンツな受容の仕方を感得してしまったのであろう。そこでの物の見方、考え方は終生変わらないものとしてその内面に深く浸潤されていったものと推察できる。

それから六十年余り、曽根ヨシは詩の言葉が自らの生活圏を越えて、やがては人類全体の救済にまで及ぶことを信じ、ここまで必死に日常を生き、そしてその思いを書き続けてきたことになる。かつて辻井喬は「詩人に勲章はいらない」と語ったが、まさに曽根の詩的な営みは日常の中にあって目に見えないもの、素朴なものの非世俗的な価値を信じることに終始貫かれている。そして、その詩は汚辱にまみれることなく、「梢よ　おまえは／あまりに深く泣いたので／一時早く／空をあびることが出来る」（「梢よ」）と、つねに高い空の一点に無垢《むく》な形で結ばれていっている。

曽根ヨシの詩にはリルケ的な影響がみられるが、一方でそれは同郷の萩原朔太郎につながる伝統的な抒情の系譜ともつながってきている。曽根の抒情精神は日常の営みを軽視せず、自らの生活の背後に潜む真実に迫っていき、そこからある種の超越的かつ神秘的な光彩を放つという独自な手法によって読者を魅了してやまない。十代にしてすでに非凡な才能を持った曽根の、生涯にわたって選んだモチーフの中心が、意外にもありふれた日常であったことの意味は大きい。と同時に、それは「生活の中にこそ真の祈りがある」と言ったルターの言葉を重ねて考えることができる。

中世捨聖の体現と展開

――溝口章詩集『流転／独一　一遍上人絵伝攷』――

キリスト教や仏教に限らず、宗教家の多くは終末論を核に据えているが、昨今これだけ身近に政情不安、天変地異が続くと、あながちそれを警告と軽く受け流すことはできない。彼ら宗教家は世の終わりを確信し、早急にそのための覚悟と準備を人々に奨める。そして、その言葉を真摯に受け止めた者は現世の秩序を離脱し、一意専心自らに来世での救いを描くことを義務づける。溝口章の『流転／独一　一遍上人絵伝攷』の根底を貫くのはそうした終末思想の受容と、人類の最終戦争「文明の衝突」の時代への黙示録的な啓示認識である。新しく近代を問い直すという意味で、この詩集は辻井喬『わたつみ　三部作』、尾花仙朔『有明まで』と共に後世への記念碑的作品になっていくことは間違いない（この世が続けばという仮定の中でだが）。遊行上人と称された一遍の生涯は『一遍上人絵伝』（『一遍聖絵』）の中に書き残されている。

それでは、なぜ溝口は「遊行・賦算」、「踊り念仏」の一遍に精神的に帰依したのか。一遍は平安から鎌倉に至る乱世に登場したが、各方面で前述の末法＝終末思想が唱えられるなど、民衆の不安がもっとも高まっていた時期であった。一遍は高邁な思想をはねのけ、民衆の側に寄り添い、素朴に「南無阿弥陀仏」と唱えることですべてが救われると説いた。溝口はすべてが不透明な現代に一遍の時代の潮流をみたのか。

本詩集の序章とも言うべき前詩集『残響』を、私は文明批評という観点から論じたことがある（本書P一〇六～）。そこでの詩篇は一遍の遊行の地に赴き描いたもので、われわれは一遍の唱える「南無阿弥陀仏」の末法＝終末思想に共鳴するところとなった。この詩集も同様に、一遍が乱世の狭間に見たもの、そこに呈示した人類の救いの処方、それらがそのまま通時的のものとしてロマン豊かに歌い上げられている。

溝口は、ここで再び一遍が念仏を唱え旅した現実の場所に足を運ぶ。たとえば、巻頭の詩、一遍誕生の地豊国山宝厳寺は現在ものさびた通称ネオン街の先にあるが、この猥雑な環境も、民衆の中に生きた捨聖一遍の生涯を象徴していて興味深い。一遍は祀りあげられることを極端に嫌い、自ら素手で民衆の中に飛び込んでいった。そこでの民衆とは、現代に置き換えれば風俗の中に捨て身で生きる人々ということになろうか。この導入部の作品は、彼ら（一遍と時衆）の姿を「あの顔は　なくてもいい／そう言って切り捨てた／首が／月になって　街の空に浮かんでいた」、「ナミアミダブッ／それにつれて／首のない人影が／なんとまあ易々と　地表を歩いて／私のからだをすりぬけてゆく／鉦を叩き踊りながら」（「月と影と首と」）と鮮やかなイメージで切り取っている。こうしたある種の破壊的イメージは、ハルマゲドンからきているのは間違いない。それでは、すでにハルマゲドンはきてしまったのか、あるいはまだ準備段階にあるのか。そして、それは念仏を唱えることで阻止できるのか、それとも取り返しのつかないところにきているのか。『流転／独一』の底流には、そうした現代文明への徹底した懐疑、またその状況すらも察知できず愚行を繰り返す現代人への痛烈な批評精神が伺える。
タイトル・ポエム「流転／独一」は、一遍の「我執を捨て南無阿弥陀仏と独一なるを一心不乱といふなり」（『播州法語集』）という言葉に触発されての作品で、一遍と共に旅する時衆の死に感情移入しつつ、夢と現実、実在と非在の意味を徹底的に問う超大作。この年（一二八八年）、それぞれ三人の房（尼）、阿弥陀仏（僧）が死んでいるが、この詩は言語の音声化を狙ったものなのか。あるいは偶然そういう結果を生んでいるのか。溝口は「人々が遠退いていく／すぐそこにいたはずの人たちが　いつのまにか／野の果を歩いている／淡々として　たよりなく／影となり／細長い列となり／ああ　もう消えてしまうのか／――遊行する　陽炎の中のその一人は」（「人々が遠退いていく」）と、人はだれの死も引き受けられないし、そして自らの死をも。これ以上抑制できないところまで絞り込んでの言語表出の仕方である。溝口は現代の世で捨聖一遍を捜すとしたら、それは宗教家ではなく詩人である（なければならない）との認識があり、そのことから現代の詩人を中世の捨聖の体現者と考え、詩作行為を「踊り念仏」と捉えようとしているのかもしれない。Ⅲ章「聖攷　供養の海」の詩篇は、一遍の目で近代の「わたつみ」の真実に迫った作品で、溝口ならではのロマンティシズム精神が高度な詩語に結晶している。Ⅳ章「遊行詠草抄」は、「南無阿弥陀仏」を自由な発想で描いたアレゴリー作品。詩集『流転／独一』は一遍の生涯を描いた叙事詩ではなく、究極の言語美を映し出した作品としても注目してよい。辻井喬はつねに「現代詩には思想がない」と嘆いていたが、詩集『流転／独一』はその難問に答えたものとなっている。奇しくも、辻井の『わたつみ　三部作』に近い読後感を得たのも偶然ではない。

（土曜美術社出版販売・二〇〇七年）

比喩の森と言語宇宙

多田智満子

眠りの町

第一の相

円型の城壁のなかに水をたたえた町
欲望に似た神々の去ったあと
ひと雫ずつ水時計のように落ちる眠りが
長い歳月をかけてこの廃墟に湖をつくった

石という石が熱かったむかしのままに
石柱はいまも水底で陽の歩みを測る
垂直の夢を刻んだその柱頭から
鳥は神々のように立ち去って帰ることがない

そこに住む者はこの町を知らない
魚のように眼をあけたまま眠りに沈む
通りすぎる者だけがこの水をのぞきこみ
自分の名の記された古い墓碑を眺める（以下、略）

（詩集『鏡の町あるいは眼の森』より）

一九三〇年福岡県に生まれる。銀行員の父の転勤に伴い、幼少期を京都、東京などで過ごす。東京女子大学外国語科卒後、慶応大学文学部英文科に編入。矢川澄子、岩淵達治たちと同人誌「未定」創刊。同誌には澁澤龍彥、生田耕作たちも参加。五六年に第一詩集『花火』（書肆ユリイカ刊）出版。同年秋に結婚、神戸六甲に居住。二〇〇三年一月没。

主な詩集に『闘技場』（一九六〇年・書肆ユリイカ刊）、『薔薇宇宙』（昭森社・一九六四年）、『鏡の町あるいは眼の森』（昭森社・一九六八年）、『祝火』（小沢書店・一九八六年）。他にエッセイ集、翻訳書多数。

戦後現代詩に特異な足跡を残す多田の詩学概念を説明するのは難しい。あえて考えてみるとすれば、多田自らのつぎの言葉に集約されるのではないか。

言語に依拠しながら言語の埒外にはみ出す詩の〃彼岸性〃への信仰こそ、現代詩の最後の砦ではあるまいかという気がしてこないでもない。（「ヴェラスケスの鏡」）

多田智満子の詩的生涯は、超現実的なことばの「彼岸」を身をもって体現し、その内実を証明するために費やされたといっても過言ではない。その中で、特筆すべきは詩集『薔薇宇宙』の制作にあたって、精神医学の実験という名目によるLSD体験である。これについて、多田は「薔薇宇宙を語ることは、私にとって、自分の内奥、しかも自分の外に実在している内奥を明るみに出すことだ。」(「薔薇宇宙の発生」)とその必要性を述べている。

一般に麻薬は現実倒錯への埋没を誘導するだけで、にわかに言語の美に結びつくものとは考えにくい。多田はその障害を乗り越え、自らのLSD体験によって稀有な言語芸術の構築に成功する。すなわち、多田のLSD体験は瞬間的に意識を「彼岸」に飛ばすための積極的行為であった。その時のことを、多田は「そこは日常的世界の外にあるという意味では『彼岸』なのだが、それが夢やパラ・サイコロジカルな知覚や幻想によって示される、という点では、まさしく自分の内なる世界、いわゆる内的世界と重なり合うものである。」(前掲)と述べている。多田は詩人が「彼岸」に行き着くことを「現代詩の最後の砦」と位置づけ、「ここに私はいるが／私はいない」、「ここに私は生きているが／私は生きていない」という二律背反を引き受けて生きていかざるをえない、詩人の宿命にたえず挑戦し続けた。今後、各方面より戦後現代詩の特異な軌跡を残すこの詩人の探求を待ちたい。

キリスト教精神と言語的超越
――島朝夫詩集『供物』――

日本の近代化は、一八五八年（安政五）のアメリカ、オランダ、ロシア、イギリス、フランスとの修好通商条約の締結などと共に始まった。翌年以降、横浜、長崎、函館、神戸、新潟、大阪川口、東京築地に、つぎつぎに外国人の居住や通商のための特別区（居留地）が設けられた。一八七三年（明治六）に禁制の高札が撤廃されるや否や、それらの居留地を基点にキリスト教伝道が始まった。

日本の近代詩の受容もまた、島崎藤村、北村透谷を端緒として、こうしたキリスト教の布教とパラレルで、その内実は飯島耕一のいうように「ヨーロッパの詩の容器に、短歌の心、俳句の眼をはじめとして、漢詩人の気魄、狂歌人の戯れ、小唄、端唄、梁塵秘抄、とりわけ讃美歌」（『定型論争』）などを詰め込んだオジヤであった。

島朝夫の詩は、そうした日本の近代化の側面からみていったとき、湯浅半月『十二の石塚』（一八八五・明治十八年）、北村透谷『禁囚之詩』（一八八九・明治二十二年）、島崎藤村『若菜集』（一八九七・明治三十年）など、キリスト教詩の源流に遡ってみることができる。いわば島の詩には飯島の指摘する雑多な夾雑物はなく、キリスト教詩人の正統にして稀少な継承者としての格式と、いわゆる「何も足さない、何も引かない」高い言葉の純度がある。
タイトル・ポエム「供物」は内なる慟哭が渦巻く絶唱である。

黒い海の　浜辺の草むら
細長く黒い草をつんでは
黒い糸を紡ぎ
黒い布を織っている

座り込んでいる独り住まいの小屋を
訪れては
ここは　黄泉の国かと
慌ただしく立ち去り
消えた人々

ごく　たまに　ゆっくり座る人もいた
織られてゆく黒い布の上に
いつまでも　目を留め
織り上がるのを待つかのように　座っていた

いつの間にか　息をとめていた

織り上がった黒い布で
息絶えた体を包み
黒い海に運ぶ

黒い海の波頭が　砕け
待っていたように
真っ赤な喉を見せている

布にくるんだ亡骸を　波間に浮かべる
真っ赤な波は　供え物を呑み込み
何事も無かったかのよう
黒い海が　水面をゆすっている

小屋に戻って　座り込むと
また　黒い布を紡ぎ
黒い布を織り続ける　のであった

まずは人間と神の問題、そして国境、時代を超越したスケールの大きさに圧倒される。この詩はキリスト教信仰が詩的言語に内在化し、どの国の言語に翻訳されても、かなりの共感を呼ぶにちがいない。そして、ここでの技巧を越えた暗喩的世界には、島の辿った人生がみごとなまでに形象化されていて、読み手の内面をつよくゆり動かす。日本で象徴詩というと、言語主義に特化されてしまいがちであるが、本来そこには、ここでの島の詩のように血もあり肉もなければならない。

キリスト教詩というと、一般に聖書的ドグマでみられがちであるが、そもそも、どのようにそこからの論理的逸脱が可能なのか。島にとってのドグマは、キリスト教詩の限界ではなく、むしろ無限の可能性を秘めた言語的挑戦となって展開する。島の言語領域では此岸と彼岸は厳密に区別されることはない。現世では独り座って、黒い海で黒い糸を紡いでいる、そして、そこを通り過ぎる人々の群れ。「黒い布で／息絶えた体を包み／黒い海に運ぶ」と、「真っ赤な波は　供え物を呑み込み／何事も無かったかのよう／黒い海が　水面をゆすっている」。ここでの島の世界観には神の摂理に従って生きる人間の真実の姿があり、これを恩寵といわずして何といえばよいのかという主張がある。キリスト教の価値観では、イエスの死と復活によって保証された永遠の命がある。そこでは生と死が逆転している。そうしてみると、ここでの黒の儀式は、キリスト者にとっての復活と再生の奇蹟を現わすことになる。私は黒が内包する暗喩の意味をそのように解釈した。

島のいう「供え物」とは、パウロの「自分の体を神に喜ばれる聖なる生けるいけにえとして献げなさい。」（ローマの信徒への手紙　十二・１・１）にあるように、これはわれわれが人生のクライマックスに臨んでの、復活と再生のための厳粛な儀式と読みかえてもよい。そして、作者は「生け贄は　おのれ自身である」（「生け……」）と断言し、神の祝福の中、「私は　旅する／終わりなき旅を」（「ピエタ・ロンダニーニ」）と続けるのである。

そして、島にとってイエスの死と復活が現実体験として在ったことが明かされる「Ｖｅｒｏｎｉｃａ」。ここで島は「若い日の十二年　血を　洩らし続け」、キリストの磔刑にも似た現実経験があったことを告白する。おそらく、その体験が血肉化し、現在のキリスト者詩人島朝夫を誕生させたのであろうか。この詩はキリスト教詩として秀逸。

こうして島の詩に触れてくると、「骸骨が近づいてくる／手を取り　一緒に歩こうと言う」（「ダンス・マカーブル」）、「気涸れ　穢れて　息絶えるのが／私にふさわしい終末」（「業」）は、パウロの「自分の体を神に喜ばれる聖なる生けるいけにえとして献げなさい」に対しての応答のようにも受け取れる。ボードレールは自虐ともいうべき『悪の華』で逆説的に神を求めたように、ここで島は汚辱に満ちた自分を演出し、一方で対極的に聖なる空間を渇望する。島の立体的なキリスト教的アレゴリー世界は、どの詩も神と自我との対決を越えた、超越的世界の出現を促し印象深い。

島朝夫は、その詩的業績により、〇六年度、日本現代詩人会の先達詩人に選ばれている。日本ではじめてキリスト教詩が普遍性を得た快挙であった。

（土曜美術社出版販売・二〇〇八年）

生活思想詩の先駆けと開拓

──新・日本現代詩文庫72『野仲美弥子詩集』──

野仲美弥子文庫の年譜を読んでいて、偶然野仲と私が同時期に「詩学研究会」に通っていたことを知った。そうなると、当時は嵯峨信之、村岡空、齋藤怘の三氏が講師をしていた時期で、あの懐かしい木造の新宿文化会館の部屋で顔を合わせていたことはまちがいない。研究会講師の個々の特徴を示せば、嵯峨は仏文系の翻訳調を好み、反リアリズム志向。村岡は博覧強記の持ち主にして仏教者。鋭い批評精神を併せ持つ。齋藤は独特の時間論によって新たな口語詩文体の確立を提唱。この個性豊かな三者が醸し出すハーモニーこそ、詩学研究会の持ち味であった。

三者の研究会講師に共通していえるのは、野仲のような生活詩にはきわめて不寛容な姿勢を持っていたことで、いわばそうした逆風に対峙し、野仲は単独で生活詩ジャンルを開拓せざるをえなかったのである。その中身についてはこたきこなみ、丸地守の文庫解説に詳しい。まずこたきは、野仲の詩的世界のアウトラインを「家族とか家庭が主題というと一般にホームドラマ的抒情詩か、逃亡奴隷願望の二種に大別される。そのどちらでもなく、埋没されがちなアイデンティティーを探り、前述の生活思想を深めている。」と書いている。ここでの生活思想とは優れた指摘で、野仲の詩をこれ以上一言で的確に言い表せる言葉はない。ある意味で、こたきの解説は読者が野仲の詩を読むためのすばらしいガイドラインを描いてくれている。こたきのいう生活思想の内実とは、家族、家庭をモチーフとしているが、「家という日々の情念の場が理念で詩的発展を遂げていて、日常詩とは似て非なるものである。」ということになる。

野仲美弥子の詩的技法は、意外にも人口に膾炙した入沢康夫の詩論、「詩作品において、作者と発話者は非現実的関係を保ちつつ、相互に曖昧に（流動的・複合的・多価的・矛盾的に依存し合う）構造」（『詩の構造についての覚え書』）に合致している。それゆえ、こたきのいう家族、家庭をモチーフにしていながら、その詩は生活思想詩の領域に昇華していっているのであろう。野仲の詩の素材はすべて生活に密着しているが、どの作品も詩的言語にソフィスティケートされているのである。ここでの〈生活思想詩〉は、ある面で〈生活言語詩〉と言い替えてもよい。それほど、野仲は言葉の構築に細心の注意を払っている。

これについて、丸地守もまた解説で「野仲の詩のモチーフは人一倍生活に密着した身近なものばかりでありながら、人間の内面を抉り出す詩が多い。その抉り方も、抉る刃物（感性）が鋭いからであろう。」と書いている。私の詩も野仲の詩に近いが、それは当時の詩学研究会の主流ではなかったし、それどころか生活詩は一つ下にみられていた。そんな中、第一詩集『家事』にはじまって、『夜の魚』『不思議な一日』『わたしと暮らす人』『バランスアクト』『時間《ときのはざま》』と自力で生活思想詩の領域を開拓してきたその偉業を評価したい。ずいぶんと粘り強い仕事であったことが推察できる。

この他、一方に訳詩集テッド・ヒューズ『誕生日の手紙』（書肆青樹社）があることも記しておきたい。

野仲の詩は、どれも技法がしっかりしていて、作品の高低がほとんどない。詩集『夜の魚』の最後に置かれた作品「約束」、あるいは家族を魚に比喩化した「夜の魚」は初期詩篇の最高傑作の一つであろう。

詩集『不思議な一日』は、

木を見つめるのはむずかしい
木は全体だから
木には前後がないから
木には瞳がないから
どこを見つめたら
木の心がわかるだろう
（「木」）

など、それまでの生活思想が形而上的傾向を帯びる。詩集『わたしと暮らす人』ではそれが一転し、家族、家庭を形而下に収め、

あの木は女にちがいない
確信の目が稲妻になって閃いた朝

木は夜っぴて吹き荒れた風雨に身悶えた後の
しどけない姿を
窓の向こう　眠たげにさらしていた
（「木・女性論」）

など、きわめて大胆に詩語が官能的に展開する。こうした変化をみると、案外野仲は器用な詩人なのかもしれない。

『バランス・アクト』は、その年齢が生を加算する足し算から、死を予感しての引き算へと時間意識が変化してきている。その分、何かを達観したのか、ずいぶんと詩風が穏やかなものとなっているが、これもまた、きわめて生活思想をより深めていくための通過儀礼であったろうか。それを経て作り出した『時間』は野仲の生活思想詩の一つの頂点を示すものであろう。ここには、家族、家庭というリアリズムを通し、エロス（生への欲望）とタナトス（死への欲望）の混沌をみごとに描くことに成功している。「草むしり」「花火」「猫の死に方」「わたしの手」「夜」「女性専用車」などの作品に着目。

これから、野仲もまた女性として、ひとりの人間として、だれもが避けて通れない老いをテーマに書いていかざるをえない。その意味で、生活思想詩の書き手として、その本領を発揮するのはこれからであろう。

メルヘンの国から来た妖精

——新・日本現代詩文庫59『水野ひかる詩集』——

日本詩人クラブ全国大会の行事であったか、突如私の眼前に、水野ひかるが独特のオーラを放って現われた日のことを鮮明に覚えている。額に横一文字に切り揃えた黒い髪、くっきりした目鼻立ちが印象的で、私にとって水野は俗世界に住む詩人たちとはちがう、どこかメルヘンの国からやってきた妖精にみえたのである。はたしてその場でどんな言葉を交わしたかも覚えていない。あるいは月並みな挨拶程度で終わってしまったのかもしれない。

それから、おそらく優に十五年以上の歳月は経っているであろう。近いところでは、この六月の日本詩人クラブ岡山大会でもお会いした。そして、そこでの水野の起居振舞は、その独特の風貌も含め何一つ変わっていなかった。その詩歴から、もはや四国を代表する重鎮の一人といってもよいはずだが、水野はそんな世俗的な気配を微塵もみせない。つねに私にとって、この詩人はメルヘンの国から訪れ、しばし私の心を清く洗って立ち去っていく稀有な使者であり続けている。

本文庫には、水野ひかるを公私共によく知る西岡光秋、森田進の懇切丁寧な解説がある。

詩人の熟成された詩心を見る時、水野ひかるの詩の裏面に熱く流れている妖精の魂に、私はしばしうっとりと酔うことが多い。（西岡光秋）

少女の果てしない夢、青春の感覚的な奔放な想像力は遠去かっていく。そして母として女として妻として日常を盛り立てながらも成熟していくひかるは、もう赤ずきんは泣かない季節の中にいる。（森田進）

お二人の解説の中から、「妖精の魂」「赤ずきんは泣かない季節の中にいる」などにメルヘン的要素の指摘がうかがえる。歴史学者はメルヘンを現実に根ざしたものに、民俗学者は文化史として、心理学者は心的過程の表出としてなど、メルヘンはさまざまな学術分野に影響を及ぼしている。たとえば、世界中で多くの読者を集める『赤ずきん』は、赤ずきんをフランス軍（狼）に対するドイツの無垢な若者の象徴として描いたことでしられる。水野ひかる中期の傑作『赤ずきんは泣かない』を読むと、そこには「おとぎ話のなかの暗喩はいちばん親しみのあるものがいちばん恐いもの　いちばん暖かいものがいちばん束縛するもの　優しいものが恐しいものに変わるとき赤ずきんは泣かずにあの可愛らしいスタイルのずきんをほどいて大人になる」（「赤ずきんは泣かない」）とある。ある意味『赤ずきん』はアレゴリー作品として最高傑作のひとつである。『シンケンシラハ』は「ヒロシマ・コンプレックス」ではじまるが、子どもを軸とする人類の未来への透徹したまなざしが印象的。『抱卵期』は、つぎの作品のようにエロスの表出と神話性が際立つ。

ゆらめく水のなか　抱きあう女の髪が妖しく絡みあい　鱗に彩られた下半身が　蛇の尾になり
水底でたゆたっている…
クリムトの『海蛇』…
（「みずのおんな」）

ここでのエロスと神話性は、今後の水野のメルヘンの深化した形を示唆していて興味深い。

Ⅲ

二十一世紀と自然環境

最新の地球白書によると、毎日五十〜四百種の動植物が絶滅しているという。身近なことでいえば、地球上の生物を有害物質から守っている成層圏オゾン層の減少が、予測された速度以上で進行しているともいう。さらに核に絡む「チェルノブイリ事件」「スリーマイル島事件」を加えると、地球環境の問題は、人類全体が緊急に解決していかなければならない課題となっている。このように人類の生存が危ぶまれる地球環境の中で、逆に世界の人口は毎年かなりのペースで増えつづけている。地球環境の急激な破壊と人口の増大は、二十一世紀を前にして最大の問題に発展していくであろう。人類にとって今後の環境革命は、農業革命、産業革命に続く第三の革命と認識すべきだ。環境革命には程遠いが、国連主催による「地球サミット」が、一九九二年六月にブラジルのリオデジャネイロで開催されたことは記憶に新しい。今後は日本が会議の中心となり、この動きをさらに世界規模で強く推進していくべきである。

このようなことを背景に、日本現代詩人会（小海永二会長）、日本詩人クラブ（寺田弘会長）が「地球環境を守ろう」という共同キャンペーンを行うことになったのは、意義あることであった。地球環境という問題にすばやく対応した詩人の力に期待していきたい。この共同声明の一部を紹介してみよう。

今日のいわば人類的な課題ともなっている環境問題を指摘し、警鐘を鳴らす論調や運動は国の内外に数多く、それらの声は高まりつつありますが、なお問題の根は深く、解決は容易ではありません。

取り返しのつかぬ破局的な事態を招かぬために、われわれは、目先の経済的利益や過度の利便を求める発想や行動形式を退け、大きな視野で現代文明の在り方や人類の生き方そのものを考え直すべき時なのかもしれません。

前述した「地球サミット」には、日本を含め百八十三カ国、九十六人の首脳、七千の世界のNGO(非政府組織)が結集し、全世界の話題を集めた。しかし、この中で落胆させられたのは、またしても最大のGDPを誇るアメリカの態度であった。温暖化防止条約のCO_2排出規制を空洞化し、生物多様性条約にも署名を拒否したことである。この背景には、政治レベルにおける「環境規制は経済活力を殺ぐ」という姿勢があったことが伝えられている。恐らく日本の政財界はもとより、先進諸国の意識においても、まだアメリカの意識と大差はない。とくに日本の場合、狭い国土の上に「自然保護」を考慮にも入れず大規模なゴルフ場やスキー場がつくられている。生産至上主義の経済界の常識には、「自然保護」という観念はまだ成熟していない。このことは私たち自身が現在の暮らしを相対化し、「目先の経済的利益や過度の利便を求める発想」を改めることによってしか解決できないと思う。具体的には無駄なものを購入しない努力に加え、日常的に地球資源を節約する習慣を意識化していくことだ。

二十一世紀の人間像について少し述べてみたい。まず人間を自然の征服者であるという哲学には速やかに消えてもらう。企業という人工工場の目的は、自然を征服し、人間の生活に便利なように自然を加工していく能力を発揮していくことにある。このような自然を加工の対象としかみない企業は、大小の区別なく犯罪者として刑罰の対象とする。二十一世紀人間は、企業を存続させるためなら、戦争も辞さないという二十世紀的なＧＤＰ戦士を徹底して駆逐する。九一年初頭に勃発した「湾岸戦争」によって、自然環境破壊の最大の犯罪人は戦争であることが明らかにされた。現代の戦争は生命の殺戮行為と、自然環境破壊が同一次元で実行されていくのだ。どんな名目にしろ、戦争は絶対許されてはならない。もとはといえば湾岸戦争も、根底では先進国による原油の利権争いが絡んでいる。そして二十一世紀人間は、核問題にも徹底的に参加し、自然環境の保護を訴える。これらの実現は日本の経済利益だけを考えては、何ひとつ推進できないことばかりだ。

日本の環境保護はとくにヨーロッパ圏の、とくにスイスなどに比べて意識が低すぎる。例えば、スイスのローザンヌ市には国際オリンピック委員会（ＩＯＣ）が設置されている。このローザンヌ市において、市当局が決定した一九九四年度の冬季オリンピックの候補地が、住民投票で否決されるということが起こった。その理由として、①一部の人々に利益をもたらす商業活動、②自然破壊の問題があったという。これに反し、長野市はこの二つの問題を空洞化したまま、一九九八年の冬季オリンピックの開催を決定している。このような環境保護への意識の低さは、知床国立公園での伐採事件における林野庁の対応、白神山地ブナ原生林における問題にもあらわれている。私たち日本人の自然環境問題に関する意識はまだ低い。とくに都会の到るところに、不法投棄と思われるゴミの山が作られていて、しかもその光景を見て誰も咎めるものもいない、むしろ寛容さを装うことによって、自然環境破壊の共犯性を明確にしているのだ。日本現代詩人会、日本詩人クラブの共同声明を踏まえ、詩人こそが環境革命の担い手となっていかなければならない。内に歌うべき自然を持つことによって、はじめて詩人はその存在が豊かに証明できるのだ。

詩壇時評

暗喩とイル・ポスティーノ

「イル・ポスティーノ」は、主人公の郵便配達夫青年マリオと、彼の住むイタリアの小さな島に逃亡してきた詩人ネルーダとの交流を描いた映画である。この中に、印象に残るセリフがある。

いいかね、マリオ。君が読んだものを別の言葉では言えない。詩は説明したら陳腐になる。どんな説明よりも、詩が示す情感を体験することだ。詩を理解する心があれば。

ネルーダは、詩は無理に言葉の意味を追わず、感情を開くことだと、詩には初心者のマリオに説明する。マリオは、この言葉通り詩を作り出す。「髪の中に蔓と星がある／裸の君は金の聖堂の夏のように大きく黄色い」という詩を女性に捧げ、また「午後にわが網を集める」という詩句に、「悲しい」という形容詞を投じ、「わが父の悲しき網を集め」というフレーズを作り、ネルーダを感心させる。

マリオの父は、生れながらの貧しい島の漁師であり、網をたぐり涙する姿が心をよぎったのであろう。映画は、平凡な青年を詩人に変えてしまう。やがてマリオは、共産党大会で詩の朗読をするまでになる。

この映画の終り近く、マリオが島を去った詩人に、島の美しさをテープに録音して贈るシーンがある。マリオはその中に、浜に寄せる小波の音、岸壁に打ち寄せる風の音、そして前述のわが悲しき父の網の音などを収める。そして圧巻は、美しい夜空にまたたく「星の光」を、テープに録音しようとしたところだ。音のない世界を録音すること、これこそが暗喩の世界そのものではないかと、詩作を業とする私は考えさせられた。

マリオ役の俳優は、封切り前に急死するが、これは共産党大会で銃弾に倒れるマリオの最期ともイメージが重なる。何か不思議な陰影を感じた。美しい映像と共に、詩人の精神生活を一般観衆に訴えたこの映画の功績は大きい。

H氏賞詩人の横顔

三月一日、本年度のH氏賞（第四十七回）が、山田隆昭詩集『うしろめた屋』（土曜美術社出版販売）に決定した。

受賞者の山田隆昭は、一九四九年東京生まれで、現在は江東区に在住している。その経歴がユニークである。山田は、東京都福祉局調査統計課の職員として、平日は新宿の都庁第一庁舎二十二階に出勤している。しかし彼の本業は別のところにある。山田の父は浄土宗の住職であり、その後継者として、週末には副住職を勤めているのである。

巻頭に「路地」という詩がある。

屋台の椅子は低いほうがよい
地べたに這いつくばうようにして
コップ酒を呑んでいると
植え込みから幽かに虫の声がきこえてくる
白粉花の葉裏の息づかいがみえてくる
もっと低く　もっと低く
屋台の客はみな
斜め前方に傾いて酒を呑んでいる

（「路地」より）

山田の詩の原風景は、名もないモノクロームの風景である。この後詩集は、「さかな屋」「ふとん屋」「とうふ屋」「床屋」「香具師」「人質屋」「合鍵屋」「時間屋」等の作品と続くが、タイトル名はすべて「……屋」である。

昼は福祉の仕事、夜は死者の霊を見送る仕事。彼はそれぞれの場面で、平凡な勤め人を装い、和尚を演じる。そして、彼は詩人というもう一つの仮面を被り、照れ臭そうに街に出る。山田の職業は、「うしろめた屋」である。彼は詩人としての矜持を懐に忍ばせて、路地を歩く。そこで彼が見たものは、天地を揺るがす生臭い事件ではない。人々が、慎ましく懸命に生きている暮らしである。人はだれも、この世では、彼岸に辿り着くまでの「……屋」にすぎない。山田は、平凡ではあっても、すべての「……屋」と、波瀾万丈の人生劇場をこよなく愛する。これが、今年のH氏賞受賞詩人の横顔である。

生涯一詩人の称号

過日、日比谷の松本楼で開かれた杉山平一全詩集出版記念パーティーに出席した。私たちの前に、颯爽とした足取りで登場した杉山は、銀行の頭取のような風貌である。八十歳を越えて尚も若々しい。

杉山の詩壇への登場は、東京大学文学部在学中の一九三五年（昭和十）と早い。戦前の杉山は、堀辰雄、三好達治、神保光太郎、津村信夫、立原道造らと「四季」派の一人として活躍する。戦後は数多くの映画評論も手がけ、大学教授にも就任している。

この温厚な紳士が、いつ、どこで詩人に変身してしまうのか。杉山は、詩集『夜学生』（一九四三年刊）を、高村光太郎はじめ多くの詩人が手を染める愛国詩全盛の中で作っている。私の愛唱する短詩を一篇紹介したい。

自分は眼を閉ぢる　まつ暗なその神の黒板を前にして　自分は熱心な生徒でありたい　何ごとも
識り分けること尠く　生きることに対し　またも自分は質問の手をあげる

（「黒板」）

杉山は、戦争という暗黒の中で真実を見極めようとしている。立派な反戦詩である。

そして宝塚市在住の杉山は、今回の阪神・淡路大震災では被災者の一人となった。戦前、杉山は苦学生を励ますため、詩集『夜学生』を作った。ここに半世紀を経て、杉山は自らを奮い立たせるため、再び焼け跡の前に立ったのである。そして「神戸新聞」（95・3・2）に、つぎのような詩を書いた。

イギリスの放送は
神戸とは神の戸口の意味だと解説した
見るがよい
戸口に早くも光が見えてくる

（「一月十九日　暁闇」部分）

この詩は、多くの被災地の詩人をも励ました。杉山の熱意に押され多くの詩人たちが立上り、神戸を中心に今も尚震災詩が作られ続けている。杉山平一にこそ、生涯一詩人の称号を与えてよいだろう。

現代人気詩人ランキング

某短期大学への詩の講義に行きはじめて六年目になる。毎年初回の授業で、受講生に好きな詩人の名を挙げてもらうが、今年度の結果はつぎの通りであった。(回答者は五十一名、三名以内投票)

銀色夏生十一、高村光太郎六、宮沢賢治・谷川俊太郎五、中原中也四、茨木のり子・尾崎豊三、山田かまち・石川啄木・ゲーテ・相田みつを二が上位である。詩人とともに、若山牧水、俵万智、与謝野晶子、松尾芭蕉、正岡子規、高浜虚子の名も挙がった。この人気詩人ランキングは、ここ数年、同じ傾向を示している。ここにはいわゆるマス・メディアにのった有名詩人、あるいは元来の教科書詩人ばかりが登場してくるのだ。

しかし、そんな彼女らの意識も二、三カ月も過ぎると急展開する。前・後期末の自由課題のリポートには、石川逸子、尹東柱、会田綱雄、一色真理、原民喜、峠三吉という現代詩人が登場する。あるいは自らも実作を行うようになってくる。その中の一篇を紹介したい。

空が近かったから
窓の外を眺めた
いつもと変わらぬ風景と人並み
押しつぶされそうな空を
近く感じた

木立揺れる
長い坂道
清らかな空
全てが眩しくて
倒れそうになる
白い季節を前にして
変わらぬ自分を抱きしめて
空がまた近くなった気がする

（「私に近い空」）

この詩のみずみずしい感性は眩しい。日本では詩の読者がいないと心配する人が増えている。現代詩の終焉という過激な言葉も聞くが、詩に向かう彼女らのいきいきした表情を見ると、どうやらその心配はいらない。若い世代の中で、詩は新しい芽を育み始めている。はたして今年の授業では、何人の詩人が誕生するだろうか。昨日も徹夜で書いたという学生の詩が、ＦＡＸで届いた。

'97日本の詩祭

現在、日本には全国的に組織化された二つの詩人団体がある。日本現代詩人会は著名な実作者を中心に発足し、日本詩人クラブは学者を中心に、詩の研究を主目的として出発した。創設年は、いずれも一九五〇年である。会員数は一九九六年末現在で、前者が八百七十四名、後者が七百四十六名に達している。日本現代詩人会は、毎年六月、H氏賞、現代詩人賞の贈呈式を含めた「日本の詩祭」を開催している。今年のプログラムの一つに、「私たちの世代からみた文学」と題した加藤周一、中村真一郎の両氏の対談が催された。二人は、押韻定型詩を提唱したマチネ＝ポエティクの一員として知られている。

対談の中で、日本文化の核心をつく発言が興味を引いた。二人は、中国人の気質を対決型とする一方、日本人の気質を、過去を否定せず次々に蓄積していく調整型と規定した。そのため明治維新における新撰組の近藤勇も勤皇の志士も日本人は同等に受け入れてしまうという。三好達治は戦時中膨大な量の愛国詩を書いたが、敗戦を契機に民主主義謳歌の詩に切り替えた。この背景には、日本人の神仏習合の崇拝があるのだとも。

そして、この日本人の精神構造に合致するのは、長編叙事詩より、俳句・短歌、あるいは漢詩の四行詩というのである。伝統的な俳句・短歌は、あえて自然との対決を求めず、花鳥風月を素直に言葉にするが、これは調整型の日本人の気質に合致しているのである。日本では、諸外国に比べ詩の読者が少ないが、これは詩が伝統的な花鳥風月を切捨て、言語の社会性を重視したためであろう。それは中国的な対決型の手法を、日本人の気質、日本という土壌を考えず粗雑に用いたからではないか。これからは、日本人の調整型の気質に訴えた長編叙事詩が生まれてもよい。二人の長老詩人におおきな宿題を与えられた一日であった。

詩人の短歌・俳句論

詩の月刊誌「詩と思想」七月号の特集は、「詩人たちの短歌・俳句論」である。この中の「詩人のなかの短歌・俳句」というアンケート結果が面白い。これは任意に百五十一人の詩人へ依頼し、百九通の回答を得たものである。アンケートで興味を引いた項目に、「短歌・俳句どちらに興味があるか」、「短歌・俳句の実作経験があれば作品を一つ挙げよ」というのがある。

まず前者であるが、回答は短歌四十三通、俳句四十八通と拮抗している。この他、どちらも選択せず、反定型、ジャンル撤廃論を唱えるなど詩を優先としたものが十八通ある。この回答の年齢層は、六十歳以上であり、それが下がるほど、詩を優先するとしたものは少なくなる。戦後の現代詩は、小野十三郎の『詩論』に象徴されるように、「短歌的抒情の否定」ということが根底にあったことは否めない。アンケート結果は、詩人全体にこの否定意識がしだいに薄れつつあることを示している。これからの詩人は、短歌・俳句との提携を強めつつ、短詩型文学の中の一ジャンルとして、詩を捉えるようになっていくのではないのか。後者については五十八人の詩人たちが自作の短歌・俳句を詠み詩壇にこんなにも多くの自称・他称の歌人・俳人がいたとは、驚くべき事実である。

詩人たちの短歌・俳句に対する関心は異常に高い。その理由とは何か。戦後の経済優先の合理主義は、日本人全体に精神の荒廃をもたらし、誰もが心の故郷を求めはじめている。まだ歴史の蓄積浅い現代詩にあっては、この故郷願望の要求に応えることはできない。そこで、日本人の心を蓄積した固有の文化として短歌・俳句が浮上したのである。しかしこれを詩人の日本回帰という現象で捉えてはならない。短歌・俳句に象徴される日本人の意識の古層、あるいは元型が掘り起こされたと見るべきであろう。

国民文化祭香川'97

国民文化祭は、伝統文化の継承と新しい文化の創造を一般の人々に促すことを目的とし、昭和六十一年度から文化庁の主催で毎年各都道府県にて順次開催されている。今年も文芸部門として、現代詩、短歌、俳句、川柳、連句、漢詩の各大会が十月二十五日、二十六日の二日間香川県で開催される。各文芸祭では、小海永二（現代詩）、宮地伸一（短歌）、鷹羽狩行（俳句）等の各氏が講演の講師を務める。一般市民からの作品公募もある。文化祭に対する一般の人々の関心はさておき、私たち詩の書き手自体の反応は今一つ鈍い。国民文化祭は、短詩型文学の魅力を一般の人々にアピールできる絶好の機会でもある。そのため私たちは、この行事にもっと関心を払うべきであろう。

私は、本年度現代詩部門選考委員の一人を務めた。応募作品は全国から小・中学生の部三千四百四十二篇、高校・一般の部は六百四十九篇にも及び、これは過去最高の応募点数とのことである。とくに小・中学生の部だが、この数字からは現代詩離れというものは感じられない。しかし高校受験期以降、子供たちの中から急速に文学への意欲が衰退するということが選考会の中でも話題に出た。そこで私たちは、子供たちに詩を書く余裕を与えない現在の教育現場の責任は重大であるという結論を見た。

本年度の丸亀市実行委員会会長賞に選ばれたのは、次の詩である。選考後、作者は小学校一年生の男子と判明した。

おひさまのきょうのおしごとは
もうすぐ終わりです
さいごのおしごとは
オレンジいろのシャワーを
みせてくれることです
じゃあおつかれさまでした
またあした

（「おひさま」）

このような純粋無垢な未来を持った魂に私たち選考委員は出会った。このような詩が生まれる限り、現代詩の未来を悲観することはない。しっかりした仕事をし、彼らの受け皿を作りさえすればよい。

『列島詩人集』の刊行

戦後の詩誌の中で、「荒地」「列島」の存在は一般にもよく知られている。しかし「荒地」に比べ、

「列島」は論じられる機会も少ないため、詩人にもなかなかその活動全体が摑めないというのが実情であった。そして、ここにきて思潮社代表小田久郎の「『列島』は『荒地』と二分するほどのグループではない」（「新日本文学」九六年九月号）との発言に代表されるように、戦後最大の前衛詩グループ「列島」の功績が、危うく闇に葬られてしまうという危惧も生じてきた。

この事態を重く見てか、当時の「列島」発行人木島始が「出版社主、小田久郎氏への公開の手紙」（「新日本文学」九六年十二月号）という文章によって異議を唱えた。木島は「列島」の真実を伝えるため、すでに解散四十年以上も経過していたが、「列島」に属した詩人やその遺族に呼び掛け必死で原稿を集めた。そして、この度四十九名の「列島」詩人の作品を収録した『列島詩人集』（木島始編・土曜美術社出版販売刊）が刊行されたのである。これは、木島の全生涯を賭けた労作と言ってよい。「列島」の特徴は、純粋言語を追求した「荒地」に抵抗し、詩人の社会性を鮮明に打ち出したことである。しかも「列島」は、戦後の革命運動、労働運動、組合運動とも連動する。つまり「列島」が、文学運動を含む戦後最大の前衛芸術家グループであった。『列島詩人集』の刊行で、この運動の全貌がはじめて明らかになったと言えよう。

木島の他、黒田喜夫、野間宏、安東次男、関根弘、菅原克己、浜田知章、長谷川龍生等の代表作が収録されている。この他、小説家となった安部公房、椎名麟三も創刊号編集委員として名を連ねている。美術評論家瀬木慎一も同人である。さらにミショー、ロルカの翻訳者小海永二、国鉄詩人濱口國雄、農民詩人井上俊夫と、戦後詩を代表する作品が目白押しで、戦後現代詩の資料としての価値も高い。

前田鐵之助追悼

神奈川県真鶴町で、十一月十五日(土)、前田鐵之助没二十年の集いが開かれ出席した。当日は元「詩洋」同人の飯岡亨氏を中心に、秋谷豊、上林猷夫両氏の講演、声優小林恭治氏の鐵之助作品の朗読等、楽しいプログラムが組まれた。

鐵之助は、大正初期三木露風の「未来」から出発し、昭和五十二年十一月に八十一歳で死去するまで詩壇で活躍した詩人である。当時朝日新聞が、その死を悼んで「前田鉄之助さん　真鶴を詩作の原泉に」と大きく報じている。しかし鐵之助の生涯は、詩壇ジャーナリズムとは断絶したところにあった。鐵之助は、露風門下で早くにその才能を開花させていたが、戦後は中央詩壇と接触をもたず、とくに昭和三十六年真鶴に住居を移すと、その地を終の住処に生きることを決意する。鐵之助は東京本郷出身だが、自らの強固な意思で神奈川県真鶴の地を選ぶ。

しかし、詩人としての鐵之助の偉大さは、単にその孤高性にあるのではない。前人未到の詩業を隠し持っていることにある。鐵之助は、大正十三年に同人誌「詩洋」を創刊し、これを逝去の年の二八七号まで五十四年間主宰するが、これだけの歴史を誇る同人誌は稀であり、今後もまず現われてはこないであろう。詩集も『韻律と独語』(大正九)から『海辺の家以降』(昭和五十四)まで十七冊に及ぶ。その詩は平易な言葉で自然の神性を引き出すという手法である。どの詩も、読み手の魂の根源に直接触れてきて感動を呼ぶ。「一瞬」という詩を紹介する。

いま、太陽が沈む、
ふたりの心も金色に燦めく
木の間に、匂ふ土の上に
深い、深い吐息よ。
かのやさしげな空がひろがる
やすらひの吐息よ。
輝やく永遠の中に
うち顫へるふたりのこころ。

鐵之助は稀に見る人格者というが、詩壇はこういう詩人を決して忘れてはならない。

詩人と職業

現在、谷川俊太郎他ほんの一部の詩人を除いて、日本では詩集出版がビジネスとして成立しない。始めて挨拶を交わす際にも、たいていは職場の肩書きを記した名刺を貰うことが多い。詩人○○という肩書きの名刺を出されたりすると、かえって面食らってしまう。

以前月刊詩誌「詩と思想」で、「詩人と職業」というタイトルのアンケートが試みられたことがある。回答数八十名の内、多いのは教職関係で十三名、続いて公務員の六名。医師も二名いる。意外に少ないのはサラリーマンで四名。そして、最多は女性詩人の台頭を裏付けるように主婦の十八名。この数字は、対象を拡大してもほぼ横ばいの推移を示していくであろう。詩人の職業に共通するのは、比較的時間が自由になり、精神的にも拘束されないということであろうか。その意味で、詩人にとって最も過酷な職業はサラリーマンということになる。

こういった中で、見事に詩と職業を両立させている詩人に辻井喬がいる。いうまでもなく辻井は、西武グループ代表実業家堤清二である。文学者辻井は、詩集出版の他、歌人川田順の恋愛をテーマにした『虹の岬』等の小説、また評論の各分野でも精力的に作品を発表し続けている。『虹の岬』は、谷崎潤一郎賞を受賞している。また辻井は、東京大学で経営学を、慶応大学で文学を講じたことがある。

辻井は別格だが、これに近い働きをしている詩人は多い。韓国では、数百名の職業詩人が存在するというが、日本は一定の職業に就き、その余暇を詩人として生きるという形がよい。これは、何者にも媚びずにいられるし、何よりもお金のために嫌な思いをする必要がない。詩人西条八十は、歌謡曲の作詞を手掛け莫大な富を手にした。しかし、それによって象徴詩人八十の名声までもとだえてしまった。現実体験からの言葉は重い。

嵯峨信之と「詩学」

昨年十二月二十八日、詩誌「詩学」を主宰してきた嵯峨信之氏が九十五歳の生涯を閉じた。その編集人生は、昭和二十二年八月創刊以来半世紀に及び、この間数えきれないほどの詩人を世に出した。現在嵯峨の優れた功績は、新人の発見と育成を目的に、「詩学研究会」を創設したことであった。現在「詩学研究会」出身者だけで、ほぼ戦後詩史の主要な部分ができてしまうといっても過言ではない。嵯峨の死によって、戦後の一つの時代が確実に幕を下ろしたことになろう。一月十日、千日谷会堂で告別式が行われた。嵯峨の死を悼んで、最後の献花の時には、人々の列が会堂周辺を取り巻いた。告別式の中で詩を朗読した川崎洋は、「詩学研究会」同期生茨木のり子とともに、谷川俊太郎、吉野弘、大岡信らを誘い同人誌「櫂」を創刊している。他にも「詩学研究会」出身者による創刊詩誌は多い。

私は、一九七〇年代後半から八〇年代半ばにかけて、この伝統ある「詩学研究会」に通った。当時私は二十代後半で、嵯峨はすでに七十代半ばに達していた。私から見れば、嵯峨は祖父の年齢だった。しかしその嵯峨は、年齢を感じさせない冴えた頭脳で、私の拙い詩を懇切丁寧に批評してくれた。嵯峨の詩論は、表層におもねることのない詩の本質に迫るもので、私は嵯峨から詩人として詩と向き合う態度を厳しく教えられた。それは、個の尊厳と自由の確立を果たすということであった。もしも私に「詩学研究会」に通った数年間が存在していなければ、こうして詩を書き続けていることもなかったであろう。私でさえこうなのだから、同じような気持ちを抱く人間はどれだけいようか。告別式の最後に、林堂一氏が嵯峨の印象深い詩を朗読した。

遠い記憶のはてにただ一つの名が残った
その名に祈ろう
晴れた日がこれからもつづくように

（詩集『時刻表』より）

戦後日本の豊かさ

現在の日本に物質的な飢餓はない。昨今の詩人の出版パーティーを見ても、会終了とともに膨大な量の料理が残される。そしてそれを放置したまま、二次会の場に移動して、すぐまた飲食が始まる。それらの光景に遭遇することは精神活動を担うものにとって苦痛でさえある。戦後日本は物質的な飢餓からの解放を求めて、世界有数の経済大国を作り上げてきた。しかし長時間労働による過労死、低福祉による老後の不安、偏差値教育による子供たちのいじめ、登校拒否と、その実態は豊かさという概念からかけ離れている。戦後日本の内実は、本当に豊かであったのか、割り切れない思いでいる。

この夏、女優吉永小百合による原爆をテーマとした朗読詩『第二楽章』というCDを聞いた。吉永は広島、長崎の原爆を後世に伝える語り部として、毎年各地で朗読コンサートを開催し、原爆の悲惨さと平和への祈りを訴えている。その活動は十年にも及ぶという。華やかな女優という仕事の陰で、吉永は原爆という事実から目をそらさず、内面の真実を追求しつづけてきたのである。

『第二楽章』は、有名な峠三吉の「ちちをかえせ　ははをかえせ／としよりをかえせ／こどもをかえせ」という詩の朗読から始まる。そして戦後原爆詩の名作、栗原貞子の「生ましめんかな」「折づる」と続き、エンディングは原民喜「永遠のみどり」である。このような著名な詩の他、ＣＤには自力で林幸子「ヒロシマの空」という詩を発掘したり、当時の小学生の書いた原爆詩なども収録されている。

私たちは、物質的な豊かさの中で、被爆体験を過去の神話にしてはならない。吉永の原爆詩朗読には、私たちが決して二十世紀に置き忘れていってはならないものが表現されている。今も尚、この夏に聞いた吉永の静かな語り口が耳に宿っている。

女性詩の正統と現在

──現代詩誌の中の「裳」の位置──

八〇年前後、詩壇ジャーナリズムのあざとい仕掛けによって女性詩の現在というのがブームになったことがある。彼らの狙いは、女性の側に主体的に性的自由の権利を奪還するということだったのか。その前衛的な言語表出はジェンダー理論を背景に、これでもかこれでもかと過激な性的描写、奔放な性愛シーンを描くことを主な特徴としていた。そして、それはわずかなスター詩人の誕生と一定の修辞的成果を収めて短期に終焉した。しかし、それで女性詩人の社会的な地位向上が図れたかどうかは疑問である。その理由の一つに、女性詩の仕掛けから宣伝まで、女性詩を推進した背後に吉本隆明はじめ男性批評家陣がいたことを上げてもよい。女性主体であれば、女性自らが詩誌を編集し前述の女性詩を論じて闘わなければならない。しかし、彼女らは相変わらず男性に詩的評価を依存したままの言語アクロバットに興じていたにすぎない。

「裳」は一九七九年六月、そんなジャーナリスティックな状況とは無縁に女性だけの同人誌としてひっそりと創刊された。編集人は曽根ヨシで発行所はあすなろ裳の会（高崎市）で、詩誌の命名は崔華國。戦後女性誌としての先駆的役割を果たし、ここに一〇〇号という金字塔を打ち建てたことを素直に喜びたい。同人誌を手がけたものならだれでも実感することだが、創刊は易しいが継続は困難をきわめるというのが定説である。おそらく、ここまでの運営は順風満帆ではなかったであろう。とくに初期において、曽根は「最近、県内では、『裳』はもうそろそろ分解・消滅するのではないかと、よろこんでいる向きもあるときく。御要望にそえず申し訳ないがこれからが本番なので、ここで止めるわけにはいかない。」(五号・編集後記)と書いたりもしている。

ここでは全体のページ数の関係もあり、「裳」の詩界的な功績に絞ってその側面をみていきたい。ただ漫然と作品を羅列するだけの編集であれば同人誌は何号でも続く。実際にそうした同人誌がないわけではない。あるいは、同人誌を媒介し同人を育てるとか、ある種のマニフェストを貫くとかとは無縁に、もはや主宰者の私有物と化した場合でもそれは続く。とくに後者の場合、主宰者の暴君ぶりを反映してか、数年が経過したら同人の半分が入れ替わっていたなどということもある。こうした詩誌の否定的観点から「裳」をみていくと、そこには同人一人一人を大切にし、他方にきちっと物を言いという、すこぶる健全な主宰者曽根ヨシの顔が浮かぶ。こうした同人誌運営は、だれでも簡単にできそうでいてだれにも真似ができない。まさに、これは一見平易な詩風だが、他のだれにも真似のできない抒情詩を書き続けている曽根ヨシの生き方にも通じる。言うなれば、「裳」一〇〇号の到達の背景には、曽根が作品発表のための一媒体にとどまらず、自らの詩的風土に注いだ情熱のすべてがずっしり内包されている。

創刊号の同人はつぎの通り。

黒河節子、島田千鶴、志村喜代子、神保武子、杉千絵、曽根ヨシ、堤美代、田村さと子、中島珠江、福田怜子、真下宏子、峰岸和子。

志村を除いて他はすべて群馬在住。創刊号で曽根は「裳」の由来について、「時代を変遷して生きつづける女性の象徴であるが、古代からの人類の文明が、女人のもすそから生まれたとみるのは、思いあがりだろうか。」と書いている。また、ここには現在中南米文学研究者として活躍する田村さと子（当時前橋在住）の存在がある。ガブリエラ・ミストラルの訳を発表。

そこで確認のため、最新の九九号から現在の同人名を調べてみる。

黒河節子、志村喜代子、神保武子、曽根ヨシ、真下宏子の五名が在籍している。佐藤恵子は三号から。同人の過半数が運命共同体として三十年間苦楽を共にしている。そして、多少の異同があっても同人は十名前後で安定的に維持されている。本来は、黒河節子、志村喜代子、神保武子、真下宏子、佐藤恵子の五名については、個別の作品論を展開したいところである。創刊以降、毎号優れた生活抒情詩を発表し続けている詩人が多い。

一〇号までの誌面を簡単にみていきたい。基本は同人の詩作品。そこに詩集評、堤美代詩集『石けんを買いました』（二号）、中島珠江詩集『夢のなかで』（五号）、曽根ヨシ詩集『少年・オルガン』（六号）、原迪代詩集『夏から秋』（七号）、島田千鶴詩集『水のない川』（八号）。こうした編集構成は今も基本的に変わっていない。とくに書評には多くのページを割くなど、同人一人一人の個性を大切にしている編集姿勢が伺われる。

八号の特集「四国の女性詩特集」。塔和子、香川紘子、水野ひかる、薦田光恵などの作品を掲載。

森田進が「四国の女流たち」を執筆。曽根の女性詩に賭ける熱い思いが読み取れる。こうした外部に目を向ける広い視点も魅力。

一〇号で國峰照子が同人参加。

一一号の発行は八二年七月。その号で座談会「うたから詩へ　詩からうたへを語る」が掲載。この時期前橋の煥乎堂で「詩の朗読と舞踊」が開催され、「裳」同人が吉原幸子と共に朗読している。座談会はその背景を探ったものであろうか。

一六号、浅来夢（髙村光子）が同人参加。曽根が編集後記につぎのように同人の活動報告を書いている。

神保武子さんは上毛新聞にエッセイを書き、國峰照子さんはラ・メールの会員として投稿をつづけ入選している。原迪代・真下宏子の両人は視点社刊『女性反戦詩集』に作品を掲載。佐藤恵子、國峰照子、曽根ヨシも高崎における『平和展』にパネルに入れた自作詩を展覧した。又群馬詩人クラブ主催の朗読会にも同人はよく参加している。

「ラ・メール」は、新川和江、吉原幸子編集によって八三年七月に創刊。十年間続いて終刊。その期間、「裳」同人にとっても、それは同じ女性詩を標榜する相乗効果で、格好の発表媒体となった。

一六号、神保武子「日常のなかの確実な視点」は『黒河節子詩集』について、「妻でいるときも、母でいるときも、娘でいるときも、変わることがない黒河節子としての座位を持っている」と論じて秀逸。詳しいことは分からないが、「裳」同人は妻であり、母であり、娘であるという、そんな境遇を素直に受容しみんな詩を書いているのではないか。これは神保が書く「女性が書く詩は、自分をガードしようとする意識が強いせいか、なかなか捨て身になり切れないところがある」と危惧しているが、女性の自立を阻む要素として、配偶者や家族への遠慮というものがあり、ほとんどの詩人がその無言の圧力によって筆を折ることを余儀なくさせられる。まさに、こうした内的環境に女性詩が持続する難しさがある。「裳」はそうした家庭との共同をはじめから目指し、妻であり、母であり、娘であることを犠牲に書いている詩人はいない。筆者にとってそれは称賛されるべきことであり、なんら自らの生活に負い目を感じる必要はない。

一九号より、篠木登志枝が同人参加。二〇号の編集後記に、「裳」の名付け親でもある崔華國詩集『猫談義』のH氏賞受賞の報告。

二四号、佐藤恵子の詩集『川の非行』『目薬しみて』の同時刊行が話題。佐藤の持ち味は「アメリカが来る前に皆で食べてしまうんだとよ／アメリカは肉食人種だから」（「肉食人種がやってくる」）と書く鋭い批評精神である。鍼灸院一陽堂の鍼灸師。真下宏子がこの号の書評で「感性のとらえたドキュメント風な詩」と指摘している。佐藤は二冊の詩集によってこの年の群馬県文学賞を受賞。前橋煥乎堂で群馬ラ・メール発足一周年にちなんだ講演と朗読の会が開催。新川和江、吉原幸子、鈴木ユリイカなど百五十名が参加。二五号、國峰照子のラ・メール新人賞受賞の知らせ。創刊時の田村さと子に続いて、この時期に國峰を全国区の顔へと送り出した「裳」の功績は大きい。それはある面で、中央という虚名への関心を疑われるが、女性による女性のための詩誌として動き出したことからすれば、こうしたジャーナリスティックな側面も必要である。田村や國峰の選択は必然的に「裳」の歩むべき道を逆説的に証明したと言ってもよいかもしれない。つまり、みんなが田村や國峰に雷同しなかったことが、皮肉にもここまで「裳」を継続するエネルギーになったともいえよう。

筆者は二五号（八七年四月）から、「裳」の恵贈を受けている。二十年、一号も休まず届けていただいたことを感謝申し上げたい。

二七号、創刊同人の真下宏子の第一詩集『若葉のころ』の書評特集。佐藤恵子、黒河節子、浅来夢（髙村光子）の同人に加え、斎田朋雄、小山和郎が執筆。とくに小山は「説明過剰と導入の長さ」など核心をついた論評で真下の詩的成長を促している。近代／現代、言語詩（モダニズム）／生活抒情詩の二項対立が貼り付き、前者の立場からの「裳」に向けた厳しい注文になっている。おそらく、田村や國峰は「裳」の掲げる生活抒情になじまず、発展的な退会をとげたのであろう。しかし、二十年の歳月によって、筆者は小山が評価する真下の「放課後」という作品は詩的普遍性を手に入れているように思えるのだが。作品評を展開するページはないのだが、ここであえてその詩を掲げておきたい。

授業終了のベル
子供たちはよく動く生き物に変わる
鳳仙花の実が弾けるように
行動を開始する
解き放された言葉がとび交う

どよめきに似た騒音
その中に　ほんとうの声が聞こえる
　（略）
静かになった教室は
大きな蝉のぬけがら
明日も子供たちは元気にやってくる
けれど　今日のままの子は
もう一人もいない

（一、終連）

何より子供の目線でみているのがよい。とくに「けれど　今日のままの子は／もう一人もいない」というフレーズに魅かれる。

「裳」は女性詩の正統的な系譜を、男性の後ろ楯も持たず自前で前向きに作り上げてきた。そのことから、筆者は「裳」に触れていない女性詩史を認めることはできない。

二八号は神保武子詩集『父の旅』書評特集。曽根ヨシ、篠木登志枝の他、外部から大橋政人が執筆。大橋はパートⅢについて「出勤から帰宅まで、働く女性の厳しさと悲しさと孤独が実に生き生きと、そして正確にうたわれている。」と書いている。同じ抒情でも、自然を歌うのと社会性を内包するのでは言語表出の仕方が極端にちがう。「裳」の抒情は生活詩グループ「野火」のように「生活の中に詩を」という単純なものではない。そこには、生活感情をさまざまな技法を駆使して言語化するという高度な視点がある。

曽根ヨシの編集は、毎号同人一人一人への心配り、読者への視点と実に懇切丁寧である。その九年六カ月の集大成としての三〇号記念号（八八年十二月）は、「裳」への手紙と題して、新井豊美、小海永二、小柳玲子、岸本マチ子、福田万里子、吉原幸子、國峰照子の音信を掲載。三〇号に到達し、ここでの短い文章の中にも、詩界の識者による一定の評価がうかがわれる。「日常の生活やモラルを守り、その中で言葉を求める真剣な姿勢が、どの方にも共通してきびしく守られている。」（新井豊美）、「今や西の『黄薔薇』誌（岡山）や『らくだ』誌（山口）と共に、有力な女性詩誌の一つとして、持続する詩的生命の輝きを見せている。」（小海永二）、「ささやかでありのままの主婦としての生活があり、穏やかに息づいていることに深く慰められます。」（小柳玲子）、「『裳』全体に感じられることは、素朴な人間への愛です。」（福田万里子）、「ともかく三〇号というだけで、ラメールより先輩です。」（吉原幸子）と、これらの断片を総合してみると、現在にも通じる「裳」の全体像が浮かび上がってくる。

三三号、髙村光子戯曲集『花のように　鳥のように』書評特集。三九号、表紙の絵を描く中林三恵が扉詩で同人参加。三九、四〇号の扉詩は力がある。この時期、曽根が「詩学」九二年四月号の小特集「現代詩の失くしたもの・捜しもの」につぎのように書いている。


真実に生きようと思えばあらゆるものはその根底に悲しみを宿しているのがみえてくる。その悲しみを一つ一つかいてのりこえて生きてきた気がする。古いと言われようが。

（「悲しみについて」）

四一号、宮前利保子同人参加。四二号、若い宇佐美俊子が同人参加。四五号、髙村光子詩集『猫の言い分』への来信特集。四六号、曽根ヨシが久保田穰と共に聴き手を務めた「谷川俊太郎さんとの一時間半」が掲載。同号から、期待のホープ房内はるみが同人参加。四九号、曽根ヨシ詩集『母の提げた水』の書評特集。佐藤憲、新川和江、関俊治、三井葉子が執筆。佐藤の視点は曽根ヨシの詩的世界をみごとに分析、ズバリと言い当てている。

御著は、その主題の多くは、日常生活にとり、その嬉び、悲しみ、怒り、不安、期待といったものを、独特の、きめ細い巧みな表現で形象化し、読者のこころに慰めと安らぎを与えてくれます。すこし大袈裟な言い方になりますが、慰安と鎮魂が御著のもつ特質であるようにおもわれます。詩とは本来、そのようなものであるべきだと、かねがね小生は思っているのですが、まさにその意味で、御著は、高く評価されるべきだとおもいます。

マラソンで言えば折り返し地点の五〇号（九五年五月）。この号で曽根は「裳五十号と同人達の歩み」を執筆。他にゲストとして崔華國、小柳玲子、中村不二夫、宮本むつみの詩作品。五一号より房内はるみが編集参加。五五号では「裳」のお膝下でもある前橋で開催された第十六回世界詩人会議のリポートが充実。思えば日本全国で「水と緑と詩のまち」をキャッチフレーズにしているのは前橋だけではないか。地方経済の疲弊や格差が言われる中、こうした文化行政に先行投資する前橋の姿勢に共感できる。単に経済という物差しの中でしか物事を捉えられなくなった日本及び日本人。マンゴーや鶏肉を売るのもいいが、こうした目に見えないものを大切にした市政の在り方を、どうしてもっとマスコミは積極的に取り上げないのか。日本各地から自由に自分の支持する地方に納税できる方法ができればよい。私は生まれ故郷の横浜と「水と緑と詩のまち」の前橋にそれを投じるだろう。五七号は「裳」の名付け親である崔華國の追悼特集。曽根は崔の経営する名曲喫茶「あすなろ」の企画室部員で経理事務も担当していた。これを書くと崔華國論になってしまうので機会を他に譲りたいが、曽根にとって崔と「あすなろ」は分かちがたく結びついている。これについて、曽根が「あすなろの閉店、それは崔華國という一人の詩人にとって本格的な詩の出発」(「あすなろの日々」・「上州風」二〇〇〇年三月号)と書いているのでご一読を。

六〇号は嵯峨信之追悼。曽根が嵯峨の愛弟子であれば、筆者は孫弟子にあたる。曽根の第一詩集『野の腕』の出版記念会は、六七年三月二十六日、「あすなろ」で開かれ、嵯峨の他、石原吉郎夫婦、吉原幸子、石垣りん、会田綱雄などが出席し、嵯峨は「H氏賞は東京を一歩も出た事がない。もっと地方でいい詩を書いている人にやるべきだ。」と地方にエールを送っている。嵯峨の言葉が現実になるのは、崔華國『猫談義』(一九八五年度)まで待たなければならなかった。それまでは、いわゆる中央の詩壇ジャーナリズム主体の印象は拭えなかったが、さらに嵯峨の思いは、群馬から真下章『神サマの夜』(一九八八年度)の受賞へと続く。六一号(九八年五月)は曽根の「『崔華國詩全集』の周辺」と編集後記は貴重な記録。

四月十七日『崔華國詩全集』の出版を記念して偲ぶ会が東京・神楽坂エミールで開かれた。崔さんと親しかった詩人、作家、編集者、友人達六十余名が出席した。

本県の詩の関係者は、真下章、久保田穣、小餅美江、平方秀夫、「裳」からは黒河節子、宮前利保子、曽根ヨシが出席した。

失われた何かがここにはあると感じたのは、金善慶夫人の夫への愛は言うに及ばず、家族の愛、弟崔泳安氏の兄崔華國への愛が永い月日、変わることなく脈打ってここに届いている事である。私達はゴッホの弟テオにちなんで泳安氏を崔華國のテオと呼んでいた。

現在は家族愛どころか、他者愛も死語になりつつある。とくに、自意識の強い詩人は自己を中心に人間関係を作りがちで、こうした形にはならない。崔は「あすなろ」を拠点に見事な人間愛の形を作り上げ、自らもH氏賞受賞詩人としての功績を残した。六〇号より、房内はるみがエッセイ「地名を追って」の連載開始。

六二号、コロンバス在住の金善慶エッセイ「一番美しい部屋」掲載。夫崔華國に寄せた「新羅人として　時代が生んだ荷を負い　苦しみつゝ怒りを自由奔放に叫び　国と民族をえて　人を愛しつゝ生きる喜びを　知っただけなのに…」と童話作家らしい細やかな視点。六三号、宮前利保子がシンポジウム「『あすなろ』とその時代」について渾身のリポート。六五号、宮前利保子詩集『蕾を抱く』書評特集。外部からの角田弘子の批評が出色。もっと「裳」詩人の作品論を展開できればよいのだが、引用のスペースがなく残念。六五号に吉田秀三がつぎのように同人に課題をつきつけている。

ここでは「裳」の長年の手法として一つの完成を見せており、「裳」特有の丁寧な詩的心象です。しかし、少し言葉が常套化しているのが残念ですので、もう一度詩語の輝きを再発見されるとよいでしょう。

（略）

以上の特性をふまえて「裳」は更に女性としての体質、個性、思想をもっと強く打ち出してもよい時期ではありませんか。

まず、この直言を掲載した曽根の器の広さをたたえたい。強弱の差はあれ、「裳」に対してのある種の課題がここには集約されている。しかし、筆者はあえて、こうした問題提起はないものねだりのような気がする。つまり、「裳」には中央志向もなければ、詩壇的潮流への意識もない。ポストモダン的な言語状況も関係なければ、何か作為的な処方をとることもない。同人の方向性はそれぞれ地域に軸足を降ろし、生活経験の抒情化ということで一致している。晩年リルケはスイスのヴァレー地方に住み、そこで抒情詩集『ドゥイノの悲歌』を完成させたのをみても、抒情詩人にとっては地方に住むことは有利にさえ働く。日本は詩壇ジャーナリズムが偏向し、中央志向の言語モダニズムにしか頭が働かない。

六六号から房内はるみが連載エッセイ「木霊のささやき」開始。房内のエッセイは「裳」の誌面を牽引する優れた求心力がある。

六八号、曽根ヨシ詩集『花びら降る』書評特集。同人外から片岡文雄、笹原常与、佐藤憲、吉田秀三も執筆。
少し先を急ぎたい。曽根は七〇号（二〇〇〇年八月）で、特集「裳七〇号へのメッセージ」。つぎの詩人からメッセージが届いている。

今駒泰成、岡島弘子、片岡文雄、川島完、久保田穣、呉美代、甲田四郎、小柳玲子、佐川亜紀、佐藤憲、佐藤正子、新川和江、杉谷昭人、富沢智、中村不二夫、長谷川安衛、福田万里子、福中都生子、藤井浩、前原正治、真下章、三井葉子、宮本むつみ、吉田秀三、金善慶。

この号を読んで「裳」の底力を感じる。曽根は自らけっして中央に出向かず、むしろ彼らを地域に呼び込むなど、けっして同人誌の枠をはみ出さず、商業誌ではできない編集が持続的に為されている。ある面で商業誌には大言壮語が求められ、すぐに「天才詩人現われる」とか「世界を切り取る前衛精神」などとやるが、それはすべて実体のない虚構にすぎない。それに踊らされる詩人が一番哀れである。詩壇ジャーナリズムは、当該詩人の将来的な活動を保障してくれないし、賞味期限が過ぎればそれでおしまいである。曽根は、そういうことに幻想を抱かず、同人一人一人の詩にじっくり向かい続けた。同号で宇佐美俊子詩集『風になる日』書評特集。続いて七一号、房内はるみ詩集『フルーツ村の夕ぐれ』書評特集。同号から、金善慶と須田芳枝が同人参加。七四号で須田芳枝詩集『ひと夏のサンダル』、七六号で宮前利保子詩集『いのちの音は』、八五号で志村喜代子詩集『明度』書評特集。同号から房内はるみが「エミリー・ディキンスン私論」の連載開始。八七号、曽根ヨシ詩集『伐られる樹』書評特集。NHK・FM「ページをめくれば」で、絵画・書・評論など広い分野で活躍する岡田芳保が『伐られる樹』を紹介。九四号から鶴田初江が同人参加。これで現在のメンバー全員が揃った。

群馬県詩人クラブ『創立五十周年記念誌』の受賞記録「群馬県文学賞」（詩部門）をみていきたい。曽根ヨシ（第五回・一九六二年）、堤美代（第十四回・一九七六年）、島田千鶴（第十九回・一九八一年）、佐藤惠子（第二十四回・一九八六年）、杉千絵（第二十五回・一九八七年）、黒河節子（第三十一回・一九九三年）、真下宏子（第三十二回・一九九四年）、房内はるみ（第三十六回・一九九八年）、志村喜代子（第四十回・二〇〇二年）、須田芳枝（第四十二回・二〇〇四年）、神保武子（第四十四回・二〇〇六年）。

こうしたことは、それなりの現実的評価の一端であるが、これもまたなかなか簡単な業ではない。こうした詩人たちは賞に輝いたからといって、あえて全国に顔を売る必要もないし、中央の相対的評価に惑わされることなく、地域に根を張った詩作を続けていけばよい。この形がいちばん詩人にはふさわしい。

おそらく、若き日の曽根ヨシの詩的才能は尋常ではなかった。天才の末路は夭折か、すべてを書きおえて詩界との決別かのいずれかであろう。曽根の詩的才能は『野の腕』で全面開花するが、詩界はこの戦後屈指の抒情詩集にH氏賞を与えなかった。つまり、それは詩界が「裳」をみるのと二重写しである。詩人は地元より中央、リアリズムよりモダニズム、感情より言語、体験より虚構、普遍より流行、抑制ではなく剝き出しの自我、そうしたものに軍配を上げ続けてきた。こうした詩的現状こそが、皮肉にも曽根にもう一つのライフワーク、詩誌の編集発行を通して、地域に抒情の種を蒔くという行為を決意させたことになる。そのことからすれば、曽根がH氏賞を逃したことはけっして不幸なことではなかった。詩がもういちど市民権を得るためには、詩界全体が「裳」の主張に耳を傾けることが望ましい。夫松山敦のことやその他、まだ書き足りないことばかりだが、これをもってさらなる「裳」の発展を願いつつ筆を置きたい。

戦後詩・その終わりの始まり

――戦後詩人たちの生と死――

七〇年代、詩を書き始めた者にとって戦後詩という呼称にはなんの違和感も生じてこない。しかし、それからすでに三十年以上が経ち、これは三十代、四十代に限らず、明らかに戦後詩という呼称が現実から浮き上がってきたことを思わずにはいられない。戦後詩という呼称は歴史の中に迷宮入りしたともいえるし、すでにそれは日本人全体の戦後意識の解体という流行の中に終焉したのだ、という見方もできる。

私は戦後詩総体の評価について、その内実は多彩な修辞的現在にあるのではなく、戦後という物理的な歴史的時間に裏打ちされたリアリズムの体現であったとみている。その節目として、ヒロシマ・ナガサキへの原爆投下と敗戦、その犠牲とアジアへの加害。GHQ統治による日本の民主化、朝鮮戦争によるその後の反共政策。五一年九月、サンフランシスコ講和会議、日米安保条約の調印。五二年、対日講和条約の発効。五六年七月、経済白書に「もはや戦後ではない」との記載。六〇年、安保改定と「経済の高度成長、所得倍増のスローガン」など。こうした社会的推移の中、戦後十年の内に「荒地」「列島」が果敢な活動を展開、その後継誌として「氾」「今日」「砂」などが誕生していった。いわば戦後詩は歴史的時間を内在化することで、自他共にことばの前衛を標榜し得たのである。

他に戦後詩誌としての「地球」「日本未来派」「コスモス」などもあるが、こちらはその主軸となる詩人が戦中に詩を書き始めている。「地球」「日本未来派」に拠る詩人たちは、「荒地」「列島」のように性急に愛国詩の告発に乗り出すことはせず、すなわち戦前否定＝戦後意識の始まりとはみない。このことは、「戦中戦後詩」の総括として、別の機会に論を譲りたい。また「氾」「今日」「砂」については、戦後意識の呪縛からの離脱を試みるなど、ポスト戦後詩の意味合いがつよい。

いずれにしても、戦後詩の主軸「荒地」「列島」はもとより、「氾」「今日」「砂」の詩人たちも七十代半ばを過ぎている現在、戦後詩そのものの有効性を説得力をもって語るのは難しい。というより、それが実現できたとしても、四十代以下の詩人たちにとって、それは古き良き昔話としか映らないのではないか。

この一年、私は身近でそうした戦後詩の終焉を物語る事象に遭遇してきた。具体的には、戦後詩の中枢を担ってきた詩人たちの死とその回想記録である。

まず、〇八年十一月十八日、長く「地球」を主宰してきた秋谷豊（享年八十六歳）の訃報を目にした。生前秋谷はわれわれに百歳まで現役で詩運動を果たすと口癖のように言っていた。その言葉通り、八十歳を過ぎてのシルクロードへの三度の冒険旅行（国際詩人会議を兼ねての）に加え、国内では大量の原稿執筆、講演と大車輪の活動を生前まで展開していた。つまり、秋谷の戦後詩の終わりは肉体的衰退とともに突然訪れてしまった。

秋谷豊の戦後詩に与えた功績は、今後多方面から語られていくだろうが、際立つのは「先読み」のできる鋭敏なプロデューサーの目である。死去するまで続いた「地球」の主宰はもちろん、それ以前の戦後詩の創生を告げる「純粋詩」「ゆうとぴあ」（「詩学」の前身）の創刊にも深く関与している。「地球」一四八号は秋谷豊追悼号をもって終刊。後期「地球」では、アジア詩人会議、前橋での世界詩人会議の誘致、それらを通しての海外詩人たちとの交流が貴重。

追悼号には、その交流の深さを示すかのように、海外から韓国の金南祚、金光林、中国の沈奇、楊克、台湾の陳千武などが熱のこもった文章を寄せている。

その中で、楊克はつぎのように秋谷の戦争体験に論及している。

彼（秋谷豊）の長女が生れて二十一日目、爆撃で亡くなった。娘を喪った切実な苦痛の体験は、戦争が人類にもたらす不幸と災禍を知らしめた。それ故、彼の詩歌には多くの反戦の主題がある。羅洛編、上海教育出版社、一九九八年出版の『現代世界名詩』には彼の詩「背嚢」が収められているが、兵士を擬人化した背嚢が戦争への憎悪を語る。「漂流」も同じ主旨である。

楊克は中国広州市在住で、『中国新詩年鑑』などを編む編集者。アジア太平洋戦争での最大の犠牲者を出したのは中国で一千万人以上。日本人犠牲者も、中国本土四十六万六千人、中国東北部（旧満州）二十四万五千人と最大。そういう悲惨な歴史的状況を踏まえて、ここでの楊克の哀悼のことばのもつ意味は重い。われわれは反戦というと、声高に社会的現実に切り込むことを浮かべるが、それは書き手に内在化されたものではなく、ことばの本質としては「愛国詩の裏返し」であって、ある種の空虚なスローガンにすぎない。ここで楊克は空襲で娘を亡くしたその原体験に着目するなど、その後の「地球」を通しての平和的な文学外交を背景に秋谷を反戦詩人だとしている。かつて秋谷は、日本人全体が声高に安保反対を唱えていたとき、「地球」に「安保賛成」とエッセイに書いて物議をかもしたことがある。そんな秋谷が、長い時を経て、マルクス・レーニン主義を標榜する国の詩人から、反戦詩人の称号を得たことの価値は大きい。

日本側から、共に「地球」の国際交流を推進した盟友石原武のことばを紹介したい。

世界の詩人交流に、秋谷さんはつねに希望を託していた。一九八〇年、東京で開いた「国際詩人会議」を始め、韓国（ソウル）、台湾（台中）、モンゴル（ウランバートル）、中国（西安・ウルムチ・シャングリア）など、「アジア詩人会議」は一〇回に及んだ。どこの会議でも、秋谷さんは遣唐使のひとりのように、詩の基調としての抒情精神について紅潮して語った。どこでも、日本の戦後詩の抒情詩運動をリードした閲歴を決してひけらかすことなく、秋谷さんはいつもランプを持つ少年であった。

（「最後のロマンチストの栄光」）

秋谷に続き、かつて「地球」の有力同人の一人でもあった菊地貞三の突然の逝去（〇九年六月六日、享年八十三歳）にも驚かされた。それに伴い、九月十九日「詩人・菊地貞三を偲ぶ会」（現代詩を語る集い）が東京学士会館で盛大に催された。菊地の詩歴をみていく上で見落とせないのは、四五年二月、会津若松東部一二四部隊入隊、四月、いわきの湯本捕虜収容所に通訳兵として派遣、九月、山形の臨時憲兵隊から復員帰郷など、実際の戦場体験があることである。しかし、菊地は「荒地」の詩人たちのようにそれを前面に押し出すことはせず、その痛苦を抒情の内部に押し込めてことばを紡いできた。菊地貞三は虚仮威しの耽美主義、宇宙や宗教に名を借りた事大主義などの現代詩の主流に背を向けて、平易なことばで生活抒情詩の詩的世界の粋を極めていった。

菊地の功績として、伊藤桂一、安西均、鈴木亨などと共に、高田敏子主宰「野火」の講師を務めた働きも見逃せない。「荒地」「列島」は、その活動に外部の社会科学を味方につけたとすれば、ここでの「野火」の活動は徒手空拳で社会に対峙せざるをえなかった。

星野徹の死は、戦後詩の主流とは別の側面から語られるだろう。二〇〇九年一月十三日、享年八十三歳。不易流行ということでいえば、現代詩にとって敗戦から民主化、それに伴う革命幻想の消滅まで、ひとつの流行の足跡であったのかもしれない。星野は戦後的世代であっても、そうした流行（社会的現実）にくみせず、ひたすら博覧強記の力をもって独自に形而上的世界を追究していった。「白亜紀」一三二号は、星野徹追悼号。新井明「星野先生—この四十年」、一色真理「『孤独』について質問があります」の寄稿、「白亜紀」同人の執筆。

ここでは「白亜紀」同人の言葉を拾ってみたい。

星野徹の詩は、日本と西洋（特にイギリス）の詩歌・民俗・神話の伝統から、聖書の世界、文化人類学、深層心理学などの、極めて広汎な学識に裏打ちされた想像力豊かな言語世界である。
（太田雅孝「〈形而上詩人〉星野徹」）

星野の批評の方法は、作品という言語の構築性を重視するものであり、作品内部の言葉の関連性をできるだけ厳密に分析することで、作品が作品たりえる根拠を問い詰めていくものである。ここには、ニュークリティシズムの方法論が働いているが、作品と作者をない交ぜにして作品批評の厳密さをうやむやにしてしまうことへの、徹底した抵抗がある。

（橋浦洋志「星野徹の庭―文法と批評―」）

光の中心に向かって昇天するキリスト、夥しい天使、仰ぐ使徒、聖者や人びと。大聖堂のドーム自体が垂直に上昇する精神のエネルギーの形象化だとすれば、それが星野徹先生の遠く見据えた形而上詩であったのではないだろうか。形而上詩は、超越的な存在に向かって上昇する精神の内圧の激しさがそれを作り上げるのだ。

（武子和幸「星野徹と形而上詩」）

菊地貞三の視座が主婦の台所を照射していたとすれば、星野徹はそれとは逆に知の小屋に籠城し、その詩は「自らの魂の領土を守る城塞のようなもの」（一色真理）となって展開した。戦後詩の主流は社会科学とパラレルであったことは間違いない。そうでなければ、戦後詩という呼称そのものが成立しない。つまり、それらを正統と位置づけるなら、菊地や星野の活動は戦後詩の異端の仕事であったと言わなければならない。しかし、現在、台所詩人という呼称こそないが、女性詩人なくして詩壇が成立しないほどその進出が著しいし、星野の形而上詩は「神話的体験（原体験）から詩作品を読み解き、作品の死の世界が地上の生に、生の世界が冥府の闇へ、と、面的にもまた垂直の時間軸からも奥深い批評」（北岡淳子）と、きわめて現在的な課題をつきつけている。

戦後詩の歴史的総括という意味では、志賀英夫『戦後詩史の系譜』（詩画工房刊）、平林敏彦『戦中戦後詩的時代の証言　1935―1955』（思潮社刊）も貴重である。志賀はすでに二十年以上、月刊で前人未到ともいうべき「柵」を刊行している稀有な詩人編集者。詩の世界には、志賀のように個々の作った作品を系列化し、一般に手渡すことができる仲介者の存在が必要。一地方のキリスト教を世界化していったのは、ユダヤ教から転じたパウロの存在であった。現在、詩に必要なのは実作者ではなく、詩を一般に訴えることができる志賀のようなパウロ的編集者である。

志賀の著書について、戦後詩研究の第一人者として知られる深沢忠孝がつぎのように書いている。

それが本書では三千誌というのだから、驚異的数字である。（略）さて、ここで考えたいのは、記述内容と形式のことである。「詩学」の全国詩誌展望から本書に至るまで、いずれも数項目の選択的記述、一覧表ふうであり、必要、利用に十分には応えてくれない。全誌にとは言わないまでも、主要誌（選定はむずかしいが）には解題、ノートふうのものがぜひ欲しい。

（「無辺の詩誌の原野を拓く、一鍬の輝き」・「現代詩手帖」〇九年九月号）

従来では四百誌程度の記述だったことの比較において、深沢はこの著書の収録は驚異的数字だと述べている。志賀の試みは、これまで中央で恣意的に系列化してきた戦後詩誌にひとつの石を投げたことの意味にある。こうした地道な仕事に光を当てる記事が、「現代詩手帖」に掲載されたことは喜ばしい。ただ、深沢のいう主要誌の解題は今後の課題であろう。

平林敏彦『戦中戦後詩的時代の証言　１９３５―１９５５』は、戦中、戦後を通して戦後詩の成立ちを書いている貴重な証言集。これにちなみ、「平林敏彦の詩的フィールド」(横浜詩人会・二〇〇九年五月二十四日)、「今日の詩人たち」(日本現代詩人会・七月十六日)、「私見・『戦後詩』の収束と、これからの危機」(日本詩人クラブ・十月十日)、「いま、ぼくが詩を書くということ」(詩と創造セミナー・十月三十一日)など、この一年で精力的に講演活動を展開。平林の戦後詩をプロデュースした手腕は秋谷豊と双璧である。秋谷は「純粋詩」「ゆうとぴあ」から「地球」へと、平林は「詩行動」から「今日」に至る道筋を付けた。この過程で、秋谷、平林という二人のプロデュースによって、「荒地」の詩人たちが詩界に登場したことは特筆してよい。そして、この二人の詩人の特徴をみていくと、プロレタリア系の詩誌が結集した「列島」に距離を置いていたことである。

この平林敏彦にも戦場体験がある。一九四四年、野戦重砲兵連隊に入り、その一箇中隊は茨城県鹿島灘沿岸を米軍の敵前上陸に備えて移動。本来なら、平林の連隊は南方の戦場へ派遣されるはずだった。日本の戦局次第では、平林の命は南方の戦場に散っていたことになる。そのことの史実を踏まえ、戦後平林はつぎのように決意表明している。

　あの戦争に抗した良心の存在が、ぼくには何より輝かしく見えた。自分の卑劣さに対して、獄中から解放された思想家や文学者、宗教家の不屈な抵抗がぼくを圧倒した。人間の名に価するもの、生の意味を実証するもの、その原点に立ち戻る以外に戦後の詩もないと思われた。ぼくに回生の時があるなら、詩はその反映でなければならなかった。

（現代詩文庫『平林敏彦詩集』より）

詩人たちにとっての戦後とは、GHQ統治による日本の民主化以降のことではない。むしろ、物理的には〈戦中的戦後〉ともいうべき時間軸でみるべきである。秋谷にしろ、平林にしろ、かなりの確率で命を落としていた危険があり、そうした中で偶然得た第二の生である。二人の生には、惜しくも空襲で命を失った家族、戦場に散った戦友たちの魂が内在化されている。そのためか、秋谷や平林は民主化に扇動されて革命を叫ぶこともしなかった。

辻井喬は本年度現代詩人賞受賞の『自伝詩のためのエスキース』に続いて、『叙情と闘争　辻井喬＋堤清二回顧録』（中央公論新社・〇九年五月）、『辻井喬全詩集』（思潮社・〇九年五月）を刊行。この一連の著書で、辻井は戦後及び戦後詩の総括をメインテーマにしている。辻井にとってその生涯に大きな影を落としているのは、スパイ容疑での革命運動からの離脱である。

一九五〇年の一月、突然コミンフォルムが日本共産党を批判し、それを契機に学生運動の組織は混乱し分裂した。昨日までの同志が一晩のうちに最も憎むべき敵になる不思議さの前に当惑していると、論理的整合性は足早に中空に舞いあがって、気が附くとそれは私の周囲に、反革命分子分裂主義者、トロツキストという言葉の破片となって雪崩れてきたのだ。仮借ない近親憎悪のなかで幻想の解放区は消滅した。

（「私の詩の遍歴」・全詩集年譜）

辻井は戦場体験こそないが、ここには戦後の民主化運動にあって翻弄された一人の詩人の人生が凝縮されている。これは「荒地」「列島」とも、秋谷豊や平林敏彦ともちがう、きわめてリアリズムに立脚した戦後体験であったといってよい。

二〇〇九年末、日本人の根底にあった物質的貧困からの脱却、GHQ統治からの解放という戦後意識の解体作業はほぼ完了にちかい。これから、ますますヒロシマ・ナガサキやその一部の事象を残し、戦後意識は風化の一途を辿っていくだろう。今後、戦後詩が現代詩史に〈戦後詩〉として残る条件を考えるのは難しい。ここに、そのことの一歩を記したい。

現代詩の未来への提言

詩に未来があるか、詩の現在はどうなっているのかなどの時系列的な議論は、おしなべて表層的にならざるをえない。いうなれば、世間でいう「今はろくな政治家がいない」「金儲け主義のホリエモンは許せない」などの床屋談義と同じであって、そこにはそれを深刻な事態と受け止めて、自分の力で何かを変えていくのだ、という内実が乏しい。

さらに詩の世界に「現代詩は読者がいない＝ほとんど詩は読まれていない」という言説が跋扈しているのを目にする。はたして、そんな不毛なジャンルが一世紀以上も続いているのだろうか。現代詩は、たしかに商業ベースには乗りにくい面はあるが、かつて日本に流行り、廃っていった漢詩や浪花節とは本質的にちがう。詩は今も一定の社会的影響力をもち、しっかりと現代の中枢に根を張って生きているのである。それでは、なぜ日本ではさほど相田みつをのように、あるいはお隣の韓国のように詩集が売れないのかの議論が出てくる。そして、現代詩は難解だから読まれない、そういう安易な場所に問題解決の糸口を持っていってしまう。しかし、相田みつをは一人だから、商業的に成功しているのであって、二人いればあのようには売れない。相田みつをの詩は詩的ファッションではあっても、文化的表象ではない。

韓国で詩集が売れているとは言っても、まだ技術的にモダニズムを抜けたあたりにいる韓国詩からすれば、さほど文学的水準は高くはない。むしろ、彼らからすれば、日本現代詩の隠喩技術は羨望の的になっていることをつけ加えておきたい。いってみれば、相田みつをや韓国の売れ筋の詩集は大衆迎合型の街のスーパーといったところか。そもそも、比較すること自体が現実的な話ではない。

ここでの結論は、日本の現代詩の品質は世界的水準にあるのだから、無理に意味を分かりやすくして大衆に迎合していくことはない、ということになる。むしろ、これからの課題は一般大衆にメタファーの解読の仕方を学んでもらい、こちらの水準にその意識を高めてもらうことの啓蒙にある。あの難解なシュルレアリスム詩人の西脇順三郎の作品が、今は人口に膾炙していることを思えば、けっしてそれは非現実的な提言ではない。あるいは、絵画では前衛画家の岡本太郎やシャガールの作品世界がそうであるように、一般大衆の感性が当該芸術の水準に追いつくまでは時間がかかる。すなわち、われわれは一般大衆に詩が支持されるその時をじっと待つことの姿勢のほうが大事である。

もう一つ、詩の問題はすべて個人の側にあり、どんな難問も自らの努力によってしか解決できないということである。よって、本誌のメインテーマ詩の昨日・今日・明日とは、徹底して自らの昨日・今日・明日のリアリズムを基盤に据えたものでなければならない。たとえば、過去十年であれば、その間に自分で出した詩集の結果がすべてであり、詩集がなければ発表した作品媒体がその責を負う。その間、詩の世界でだれが何賞を受賞し評価されたとか、だれだれが詩論で詩は衰退しているといったとか、そんな状況論は自分には一切関係のないことである。つまり、自らの出した結果を等閑視し、「現代詩は読者がいない＝ほとんど詩は読まれていない」などと言ってもいっこうに何も変わらないし、結局は現状を消極的に追認するだけで終わってしまう。

さらに詩の世界でよく出てくるのは、年配者ばかりで「若い人がいない」というボヤキ、「面白い詩がない」などの否定的意見である。これらはすべて詩の未来には関係ないことである。私であればつぎのように考える。「若い人がいなければ自分が頑張る」、「私が面白い詩を作るよう努力する」、「それでは、私が賞をとるように頑張ってみせる」と。すべてを、そのようにポジティブに変えることで状況は変わる。詩の昨日・今日・明日とは、あくまで枕に「自分にとっての昨日・今日・明日」とする以外にはありえない。そのためには、他者の動向に一喜一憂しないことである。とくに、商業誌の掲げる「現代詩は終わった」や、そこでの看板批評家、吉本隆明の「現代詩は無である」などのネガティブ・キャンペーンに翻弄されてはならないことである。それにしても、吉本隆明の「現代詩は無である」(『日本語のゆくえ』)の雑駁な物言いはひどすぎる。

それでは、「私にとっての昨日・今日・明日」はどうなのか。元来私は、詩は個人の営みだと思っているので、組織に入ったり、同人誌を作ったり、商業誌の編集委員になったりすることは好まないし、あえてそれを人に勧めることもしてきていない。また詩は一人で思考を深めて、ひっそりと発表していくものであって、新聞の文芸欄やメジャーな詩誌に掲載されるとかのキャリアは一切考える必要はないと思っている。私は、とくに明日からそういう磁場がすべて失われても、一人で詩を続けていけるだけの自信はある。しかし、意に反し、この十数年、それらをすべて背負い込んでしまったこともあり、そのことを知っている人からみれば、ここでの私の見解が詭弁とされてしまうかもしれないが。いずれにしても、私は自分のできる範囲で詩を書いてきたし、今も詩を書いているし、また、これからもそうしたマイナーな姿勢で詩を書き続けていきたい。

Ⅳ

私の好きな場所

11番のバス

学生時代の一時期、南区平楽という地にアパートを借りていたことがある。

私は、通学に東横線とバスを利用していた。横浜を離れて二十年になるが、時折そのバスのことを思い出す。

それは私にとって青春の決意として語られる。

バスの始発は桜木町で、海岸通りを抜け、港の見える丘公園へと上り、外人墓地、代官坂、地蔵坂、打越を通り、終点はたしか保土ヶ谷であった。私は、稲荷坂の少し手前、増徳院前というバス停で下車した。

バスの車内の光景は、丘を上ると急変する。まず、山手聖公会、カトリック教会など、礼拝を終えた信徒がバスに乗り込んでくる。彼らの膝の上には、分厚い聖書が置かれている。当時私の学校は、校内で殺人事件が起るまで荒廃していた。その現実への嫌悪感が、しだいに私を聖書に結びつけた。つぎに、フェリス女学院はじめ女学校の生徒が乗って来る。彼女らは、車内でも英語のリーダーから目を離さない。

学校を卒業した後、私は洗礼を受けた。その時、平楽のアパートを出て、東京で新婚生活を始めるようになっていた。私に洗礼の決意を促したのは、11番のバスでの真摯な人々との出会いであった。私は、彼らのおだやかな物腰に憧れ、その模倣を自分に課した。私の中から、現実や人生に対する闘争心は、すべて消えていた。

そして、私に学ぶことを蘇らせてくれたのも、11番のバスの女学生たちであった。11番のバスは、今でも走っているだろうか。私の好きな場所は、今でもそこにしかない。

戦後詩と古書

現在、もっとも関心のあるテーマは、戦後詩の分野である。現在、一九四五年からの十年を対象に、昨年から「戦後詩探求」（「火箭」）として論を進めている。そのためには、まず資料収集ということで、最近は古書目録を見たり、古書市に顔を出すことが多い。あまりに古書が集まるので、ついに部屋の一部を書庫にしてしまった。そこにどんどん、古書を積み上げていくのである。

戦後詩の資料は、古書市ではめったに見つからないが、見つかると安い。一山いくらということもある。ときには、そこに「地球」「時間」「現代詩」などもある。これらは、目録では一冊三千円はするが、古書市では一冊二百円程度である。そこで、それとなく私は古書店の主に尋ねたことがある。「目録注文は高価だし、抽選にも当たらない。どうして市だとこんなに安いのか」と。その答えは、詩が売れないからとのこと。つまり、これは現代詩の研究者が少ないということである。そうすると、極端に値段を高くするか、廉価にしてしまうかのいずれか、というのである。戦後詩に関しては、適正価格がはっきりしないとのことで、これからも掘り出し物にありつけそうである。

戦後詩研究は、まだこの分野で若手の研究者が少ないためか、比較的資料は入手しやすい。しかも、当事者の多くは現役であり、いざとなれば直接資料等の閲覧もお願いできる。

私は、少し前は近代詩を探索していたが、こちらの分野は異常に古書価が高い。そのため、資料の大半を公共の図書館や、大学図書館に依存した。だが戦後詩の資料は、とくに詩雑誌となると、こういう場所にまず保存されていない。これから集める気配もない。だから、戦後詩研究は自力で行うしかない。まだ、個人の資力で収集できる価格なので、これからもせっせと古書市に通い詰めたい。詩の研究というのは、本との戦いであるということを痛感した。

私の中の解放区

　年末近くになると詩集が続々と出る。それに伴い出版記念会も増える。そして、年が明ければ詩集賞のことが話題になり、詩の世界がもっとも活気づく時期だ。しかし反面、この華やかさに虚しさを感じるのは私だけであろうか。

　それがどんな分野であれ、第一線で活躍している人が、その職場をリタイアした瞬間、それまでの人間関係までも断ちきられてしまうという。これは詩の世界も同じである。少し前、一流ホテルで大きな出版記念会を行い、壇上で胸を躍らせていた詩人がいた。その後すぐに彼は病死し、半年もすると、もう誰も彼のことを口にしなくなっていた。これでは、まるで彼は詩壇という職場にいたと同じである。こういう人間関係は淋しい。

　私にとっての人間関係は、そういうものとはちがう、もっと別のところにある。そこでの関係は堅い絆で結ばれている。なぜなら私にとって親しい友の大半は、この世にいない。そういう人たちのことを考えて、私はこれまで詩を書いてきた。そして、これからもそういう人たちと時を過ごしていきたい。たとえば二十年前、ほぼ一緒に詩を書き始め、早世した氷見敦子、永塚幸司のことは生涯忘れないだろう。幸い彼らの仕事は全詩集として残されている。おそらく何も残さず死んでいった詩人たちの方が多い。将来私は、なんらかの形で彼らについても書き記したい。

最近亡くなられた山田今次氏、飯岡亨氏は人生の師として、その作品世界にこれからも私は励まされていくにちがいない。飯岡氏は真鶴の前田鐵之助の会で元気な姿を見せていた。まだ一年前のことである。山田氏は、私の生地の詩人として生涯詩を書く上での誇りにしていきたい。先日私は本を出したので、仮想出版記念会を自分で行った。そこには氷見や永塚はもちろん、まだ現世にいる詩人、すでに彼岸に行った詩人が一堂に会した。そして彼らはきちんと彼らの言葉でスピーチをしている。こういう集まりは胸が躍る。

けれど私は、現世での人間関係を嫌って、死者との交遊に逃げているのではない。そこには、もっと積極的な理由がある。つまり私にとって、死者と過ごす時間はすべてに豊穣であり、生きている実感が感じられる、ということである。私にとって、生きている人間と会う時間は死んでいて、死んでいる人間と会う時間のほうが輝いている。この頃では、はっきりそう言ってもいい位である。

それによって、当然私は物故詩人の詩を読んだり、そのことについて書いたりすることのほうを好む。マルクスはエンゲルスの資金援助によって図書館にこもって、『資本論』を仕上げたという。私の理想の生活は、将来現代のマルクスになって詩論を書くことである。

私にとって、今生きていることは仮設でしかない。私は一瞬死を猶予されている存在にすぎない。だから今この時を大切にしたい。

横浜の詩と坂

私は横浜には、中区蓑沢、大平町、南区平楽と場所を変え一九七四年までの二十四年間住んだ。母の実家が初音町、大学が白楽、横浜での勤め先が吉野町にあった。こうした場所を、私は電車やバスに乗って移動したはずだが、不思議にそのことは一部を残し印象にのこっていない。どこへ行くにも歩きながら、ずっと坂を上り下りしてきていたように思う。三吉橋や中村橋、伊勢佐木町へ遊びに行くには、牛坂、猿坂、狸坂、山羊坂等を下り、大岡川を越えれば母の実家の初音町にも行けた。高校にはバスを使わず代官坂、汐汲坂、西野坂あたりを下り、元町商店街を抜けて石川町方面へと出た。この他、谷戸坂、ワシン坂、貝殻坂、地蔵坂なども身近にあって忘れることができない坂だった。

毎日坂を上り下りするうち、いつのまにか私の心に詩心が芽生えるようになった。それは、二十代のはじめ大学紛争のさなか、自分や他者、そして社会との葛藤のなかで偶然訪れたように思えた。私は自分自身を六法全書のなかに閉じ込めておくことが苦痛になった。（言い訳がましいが）それからの私は、どこへ行くにも詩のノートをもち、いろいろな思いをことばに託していった。それから二十八年、いまだに私は、横浜での習作期を乗り越えられず、つねに横浜の坂のことを思って詩を書いてしまう。東京での暮らしのなかで、私は風景に触発され詩を書いたことはない。

横浜の風景を描いて、優れた詩集に油本達夫『海の見える街で』、篠原あや『歩みのなかで』がある。『海の見える街で』には貝殻坂、『歩みのなかで』には谷戸坂、不動坂、暗闇坂というタイトルの詩があるが、ときおり私は、二つの詩集をひもとき、過ぎ去った横浜での日々を思い起こしている。そこには必死に生きていた時代の私がいる。

人生で最高の一日

その電話があったのは、およそ二年前のことで、電話の主は弁護士でNと名乗った。用件は、私の母が死んだので、遺産相続のことで話がしたいとのことだった。

私が五歳のとき父母は離婚し、私は父方の家で育ったのだが、中学に入った年に、その父も急死する。そのため私は、実質的に祖母の手で育てられることになる。父の死後、母の元へ行かなかったのは、すでに母が再婚していたことにもよるが、本当の理由は、私が母の再婚相手との生活をつよく拒否したためである。それから四十年あまり、いちど結婚報告に出向いた以外、母とは没交渉だった。その母が死んだという突然の知らせ。享年七十二歳。

弁護士の話によれば、どうやら母の遺言書から、すべて遺産相続の分配は決まっていて、私に遺留分を放棄してほしいとのことだった。しかし、そんなことは電話で即答できないと言って電話を切った。数日後、私は妻と二人で銀座のN法律事務所に出向いた。ドアを開けると、すでに母の再婚相手の親戚だという人間が二人来ていた。とっくに母の再婚相手は死んでいて、弁護士によれば、かれら二人は母の遺言のなかに出てくる有力な遺産相続者だという（なぜか、遺産相続者は十人近くいた）。初対面であった。私は母の死の意味が、なんだか彼らの存在によって汚されてしまうようで正直むっとした。その場で財産はいらない、だから出ていってくれと叫びたかった。しかし、そんな大人げないことはできない。話はきわめて事務的に進み、私はその場で母の遺産のすべてを放棄することに同意した。そして、彼らに母のアルバム、日記の類があれば送ってほしいと頼んだ。それですべての遺産問題の話が終わった。

数日後、母のアルバム帳、日記の類がどさっと届いた。日記は、毎日の出来事がかなりの長さで詳細に綴られていて、血は争えないものだと苦笑した。

アルバムは、私の知らない母の人生を追認していくようで楽しかった。そのなかに数枚、初々しいセーラー服姿の写真があった。当時は太平洋戦争のまっ最中。そんな不穏な時代に、母が女学校に通っていた事実に驚いた。私はなんとか母の通っていた学校名を突き止めたかった。私は母の友人、横浜山手の女学校に勤める友人に、いろいろと話を聞いたが、そんな学校は知らないという。それでは、その学校は幻か。そこで、ふと思い浮かんだのは作家の中島敦が、戦前まで汐汲坂にあった女学校で教師をしていたことである。たしか、その学校はY学園と名前を変えて、横浜の磯子に移転しているはず。私は母の写真をもってY学園を訪ねることにした。

当日学校側は、私の必死な思いに打たれたのか、理事長、校長、教頭までもがその場に同席してくれて、あらゆる母の関係資料を見せてくれた。そして、思いがけず母が同校の卒業生であることがわかり、しかも、当時の通知表の写しから、母は敦に国語と英語の授業まで受けていたことがわかった。そばで人のよさそうな教頭が、「見つかってよかったですね、お母さんは優秀でしたよ」と言ってくれた。たぶん、それはお世辞で、母はどういうわけか、一年留年している。

これまで、私は自らのルーツに疑いを持っていた。なぜ詩を書くのか、なんらかのルサンチマンのためなのかと。しかし、私はこの一件で詩を書く理由がはっきりわかった。母とは早くに別れてしまったが、私はその母によって詩人になるべく育てられていたのである。もしも、母と一緒に暮らしていたら、おそらく私は詩を書いていなかった。私は詩を書くことで、ある種の精神的な欠落を埋めようとしてきたのではないか。私にとってその日は、人生で最高の一日だった。かつて母だった人が、あたらしい形で私のなかに帰ってきたという意味において。世の中には、こうした母子関係があってもいい。翌日私は、古書店に『中島敦全集』を注文した。

中島敦とヨコハマ

数年前に母が死んだ。母は七十二年の生涯、横浜でずっと過ごした。生前私は、母がどんな経歴の持ち主なのかいちども尋ねたことがなく、あえてそれを知りたいとも思わなかった。晩年一人暮らしの母は癌で苦しんでおり、親類の姪の一人に何かと面倒をみてもらっていた。その姪から、死後「息子のあなたが持っていたほうがよい」と、母の写真帳、手紙、日記の類が遺品としてどさっと届いた。日記は、毎日の出来事がかなりの長さで詳細に綴られていた。手紙は抽象的な言葉の羅列ですぐに意味が分からず、血は争えないものだと苦笑した。それまで、私は母の写真など一枚も見たことがなかったし、まさか、そんなものがこの世にあることすら思ってもいなかった。幼少期、父母の離婚で、私は父方に引き取られた。その後母は再婚し、姓が変わり、そのことはしぜんと私と母との関係を遠くしていくことになった。それで私は、母の住んでいた生活圏にはよりつきもしなかったし、母もまた、まったく情に薄い人間とは思えないが、あえて私に何かを働きかけてくることもしなかった。

母の写真をみるのは、私の知らない母の人生を追認していくようで意外に楽しかった。そのなかに数枚、初々しいセーラー服姿の写真と集合写真があった。当時は太平洋戦争の真っ最中。そんな不穏な時代に、母が山手の横浜高等女学校に通っていた事実に驚いた。その学校は、作家の中島敦が教師をしていたことで知られる。

何でいまごろ、こんなことを書いているのかと疑問を持ちつつも、母の手紙や写真を通して、生前にはまったく冷えきった私と母の関係が大きく修復に向かっていることに気づかされるのである。手紙を読み終えて、母が内面に価値観を置く文学的な人間であったこと、離婚や再婚も深い思慮のもとで行われていたことが理解できた。今なら、いろいろなことを親しく話し合うことができそうにも思えた。もうひとつは、何より母の恩師が中島敦であったことの意味は大きい。それで母校横浜高女を訪ねて確かめたところ、母は敦に国語と英語の二科目を教わっていた。ミーハー的な物言いだが、こんな母を持つことは文学を志すものにとってずいぶんと励みになる。

私は中島敦を近代以降、最高の作家であると評価している。隙のない漢文調の文体、物語の作り手としてのエンターテイメント性（敦は『ジキルとハイド』『宝島』のスティーブンソンを崇拝）、かつての一高・東大の系譜に列なる精神の気高さと学識。そして、敦はエリートとしての経歴を持ちながら、横浜の一女学校で教鞭をとり、その生涯を終えていることも興味深い。敦の人口に膾炙した作品『山月記』はつぎのように始まる。

隴西《ろうせい》の李徴《りちょう》は博学才穎《さいえい》、天宝の末年、若くして名を虎榜《こぼう》に連ね、ついで江南尉《こうなんい》に補せられたが、性、狷介《けんかい》、自ら恃《たの》む所頗《すこぶ》る厚く、賤吏《せんり》に甘んずるを潔しとしなかった。いくばくもなく官を退いた後は、故山、虢略《かくりゃく》に帰臥し、人と交を絶って、ひたすら詩作に耽《ふけ》った。

敦は平凡な女学校教師の職を除けば、ほとんど天才といってよいほどの業績を残した。敦の詩的文体の完成度はすこぶる高い。

敦の横浜での足跡をたどることは心が弾む。敦は一九三三年に横浜高女に就職。四一年に休職するまで、中区長者町モンアパート、同区山下町同潤会アパート、同区柏葉市営柏葉アパート、同区本郷町と下町地区に移り住んでいる。私は二十四歳まで横浜にいたので、ここでの敦が住んでいた場所はほとんど歩いていける距離、すなわち自らの生活圏の中にあった。こうしたことがあり、今私は敦と母の幻影によって横浜に行くのが楽しみになった。戦前の大空襲や戦後の混乱期、結婚と二人の子の出産、離婚と再婚を経て、無傷のまま、母の手紙と写真が残されていたのは奇跡的である。死後、本当に大きな贈り物をしてもらったと喜んでいる。いろいろ紆余曲折はあっても、人生はどこかでうまく帳尻があうものだと感心もしている。

抒情の使者たち
―冨長覚梁氏について―

数年前、岐阜の根尾村に妻と満開の桜を見に行ったことがある。ここの桜は樹齢が千五百年にも及び、日本の三大巨桜の一つ「根尾の淡墨桜」として全国的にも有名である。岐阜と言えば、大垣に文通をしている成田敦氏がおられ、一度お会いできればという気持ちもあった。

その前日、「根尾の淡墨桜」を見たあと、長良川の近くのホテルに泊まるということをあらかじめ成田敦氏に連絡しておいた。その時点でまだ冨長覚梁という詩人を直接には存じ上げていなかった。ホテルで鵜匠の講釈を聞いたあと、僕と妻はロビーで顔もしらない成田氏の到着を待っていた。そして待つこと、数十分。二人連れの男性がやや足早にロビーの方にやってきた。「成田さんではないかしら」と、妻は僕の背中を叩き、挨拶を促した。その時まで、成田氏が一人で来るものと思っていたこともあり、冨長氏との出会いは意外な展開であり少々のとまどいもあった。僕は人との出会いには慎重を期すほうであり、ふいの出会いということは非常に苦手である。

そんな僕の不安な心理を察したかのように、その場で冨長氏は『少年の日』、『最後の儀式のように』の二冊の詩集をプレゼントしてくれた。その夜は、「柳ヶ瀬ブルース」で有名な柳ヶ瀬の夜に案内していただき、しばし品のよい酒場で文学談義をする機会をもった。「根尾の淡墨桜」を見にきたことを冨長氏に述べると、桜は葉桜の頃がまた格別いいということを盛んに強調された。僕には葉桜の時期というのが想像できなかったので、この言葉には強い感銘を受けた。そういえば冨長氏の抒情には、自然を全人格的に包容してしまう懐の深さがある。冨長氏であれば葉桜のみならず、その葉が地に落ち、土に還る瞬間までをじっくり見届け、最良の形で詩的表現に結実させることが可能であろう。

冨長覚梁氏は、今日の社会状況に批判の目を向けながらも、抒情の本流を堂々と歩まれている詩人である。その後、冨長氏が東京で『障子越しの風景』の出版記念会を持たれ、その会にも呼んでいただいたりした。そして、その時以来、冨長氏は発行される詩誌、詩集を一冊も漏らさず送ってくださる。全てに礼状を出せず失礼をしているが、そのご好意には大変感謝をしている。冨長氏関連の著書は僕の本棚の一角を占めるほど膨大な量であるが、この重みをとても大切にさせて頂いている。冨長氏の詩には、直接的ではないが今日の病んだ文明を告発する視点が随所に読み取れる。つねにその抒情は、社会との接点の上で成り立っている。この手法は、僕自身の詩作の上においても多くの示唆を与えて頂いた。社会への憤りがあったとしても、個人の心情を客観的にうつし出す抒情精神こそが、その不条理を撃つことができると思うからである。湾岸戦争論議に身を投じることより、優れた抒情詩を一篇生むことのほうが、どれだけ人類の恒久平和に貢献していくだろうか。そのことに詩人はもっと気付くべきだ。自らの内面を洞察できず、どうして安易に社会事象を論じていけるのか。戦争を自然から疎外された現象ととらえるなら、科学的な分析をする以前に、そこには精神の回復ということがテーマとして語られなければならない。冨長氏の詩は、このような課題に的確な解答を与えている。

ここ数年、詩人の仕事は総じてペースダウンし、個人の力の衰弱ぶりが目を覆うばかりとなっている。冨長氏は多くの団体のリーダー的存在だが、それ以前に個人的な力がある詩人で、詩の仕事の他、お寺の住職、高等学校の教師、詩の教室の講師と、二足も三足もの草鞋を履いている。このような多忙であるにもかかわらず、長身をかがめるようにして歩く、そのもの静かなダンディぶりには、つねに精神的な余裕が感じられる。

もはや言うまでもないことだが、冨長氏の詩の魅力は、この混沌とした社会状況の内に、抒情を核とした人間性の復興を描くことにある。この公式を立てることは一見容易だが、これらを実行に移すとなると簡単ではない。つまりこれは誰もが意識することであっても、この分野の道を開拓し続けていくことはほとんど不可能だからである。冨長氏はこの困難な課題を、時流とは無縁にほとんど一人で成し遂げているのである。たとえば、目の前の自然というものを意識した場合、マス・メディアを介しての擬似現実の横行により、次の瞬間にそれらはすべて消されてしまう。現実が人工的な映像により無力化されてしまうのだ。その意味で、とても僕たちは冨長氏のような温かさを持った素直な心で自然に向かい合えないだろう。自然を加工されたものとする習性が身についてしまっているからである。これには戦争により日本列島が焼土と化してしまった状況が影響している。冨長氏にも戦後的体験はあると思うが、自然を犠牲にし経済の復興を成し遂げた戦後社会への憤りも、相当のものがあると思う。

戦後詩的風景の言語水準からは、自然が美しく讃えられる抒情詩的傾向が排除された。戦前の「四季」派をサンプルに、抒情詩人が自然の外側のみを描き、内面との対応を欠いていることへの厳しい批判が生じた。確かに科学万能の人工的な世界に生きている僕たちにとって、自然と緊密な関係を保つことはまず考えにくい。そのため、抒情が説得力を持つには、徹底した言語の社会化が必要であった。このことでは「撃竹」同人の、北畑光男氏の詩作に共感を覚える。もう一つは、社会事象に関心を寄せず内的世界に徹底することであろう。これらの傾向は堀辰雄の文学にみられるが、今日の文学は自然を外から描くことは何の意味も持たないとの主張がある。しかし冨長氏の場合、徹底した自然との協同化を試みることで、それらの課題の克服を試みようとした。そこでは自然は内的世界に反発する対象ではなく、内面に親しく寄り添うよう対象として受容されていく。だからと言って、冨長氏は自然に必要以上の深い思い入れはしない。つまり人間と自然の距離のとりかたに、冨長氏の全人格が投影され、そこに独自の詩的世界が構築されていくのである。もとより冨長氏には自然のほうが、過去においてもあるいは未来においても、人間の意識するレベルを超えているという発想がある。冨長氏の詩が社会の告発には向かわず、あえて自然との対決も試みないのは、もはや達観した境地に自らが達しているからであろう。冨長氏は自然の前で王様のようにふるまう人間の傲慢さを誰よりも熟知している。

現在の生活水準を維持していこうとするなら、恐らく僕たちは自然環境の劣化との心中を決意せざるを得まい。高度な文明の発達は、自然からの脅威を軽減したが、同時に自然からの疎外を生んだ。いまや僕たちにはエアコンのない生活や自動車のない生活が考えにくくなっている。このようになったのも、まだ二十年前位からのことだ。これからもっと事態は悲惨な状況となっていくだろう。自然の征服は、同時に自然からの疎外を体験せざるを得ない。おそらく冨長氏はこう言いたいのだろう。「人間が自然に果たすことは何もしないことである」と。そして「人間はもっと無力のまま生きるべきである」と。これからの社会にとって、自然に対し人間が加害者であるとの自覚がより強く必要であろう。今日の現代詩によく見られるように、人間が自身の疎外された状況を回復せず、文明を批判していくことは無意味である。このように考えると、冨長氏の抒情は根底に厳しい批評精神を隠し持っているということも言える。僕はこのままの形で、冨長氏の仕事が継続されていくことを何よりもねがっている。

冨長氏の呈示する詩的世界は夢幻であり、たえず自然に疎外されている僕たちからすれば、なかなか日常的には発見しにくいものがある。前述したように、冨長氏は自然と人間との関係を回復させる手段として、人間が自身の無力さをもっと深く悟るべきことを訴えている。それには物理的な死というのが、最大の効果を持つが、たぶんそのあたりまで冨長氏は認識されているかもしれない。このあたりはもっと深く冨長氏の宗教的世界を探求する必要性もあるが、別の機会に譲りたい。

最近では、昨年秋に開催された日本詩人クラブの名古屋大会で、意気軒昂な冨長氏の姿に接することができた。長良川でお会いして以来、もう五、六年は経っているが、あの夜僕はかなり力んで冨長氏に近代詩を研究していくことを誓ったように思う。その時点では研究の課題も明確ではなく、きっと驚かれたことであろう。今こうして何とかその誓いが実行できているので、一応の約束を果たせた思いもしている。これまで多くの詩的実績を持つとはいえ、冨長氏はまだ五十代の中堅詩人で、今後さらに素晴らしい仕事が積み重ねられていくことは確実である。後を行くものとして、冨長氏の広い背中は強い力に満ちあふれている。これからは二十一世紀に向け、疎外された精神をどのように人間が回復していくかが、重要な課題となっていくであろう。そのようなとき冨長氏の詩作は、その回復への大きな手段となり支えともなるであろう。冨長覚梁氏との出会いは、成田敦氏の存在がなければ成り立たなかったものである。僕はこの敬愛する二人の詩人に対し、混沌とした社会に天が放った抒情の使者と密かに名付けている。この先も世俗の不当な圧力に屈しない本物の抒情を、読者である僕たちにたくさん送りこんできて欲しい。

（一九九二年記）

その死彗星のごとく

二〇〇二年六月はじめ、田口義弘氏の突然の逝去の知らせほど衝撃を受けたことはない。私は氏から、まだまだたくさんのことを学ばなければならなかった。いちどだけ、田口氏と東京竹橋ホテルでお会いする約束をしたのだが、突然の氏の体調不良でそれが適わなかった。私は氏に会える日を指折り数え待っていた。氏に関わるブーバー、リルケの著書を机の上に揃え、原稿を書くときは氏の好きなバッハのＣＤを繰返し流した。私は氏と会えるシチュエーション作りに明け暮れた。私は元来アバウトな人間で、こんなに用意周到にものごとを遂行するタイプではない。しかし、田口氏とお会いするというのは特別なことで、一生に一度あるかないかのことをしてしまった。

田口氏とはじめてお会いしたのは、詩人クラブ賞受賞式であった。氏は私の前に奥様、紫野京子さんと一緒に颯爽と現われた。すでにブーバー、リルケの翻訳者として高名であった氏にしては、まだ全体に青年ぽさを残した若々しい風貌に驚いた。会うなり、近寄りがたさが払拭された。田口氏の詩集『遠日点』は、高名な哲学者が書いたというだけでも話題性があったが、それが詩壇のトップクラスの賞に輝いたのだから前代未聞の出来事であったろう。しかも、田口氏の賞はもう一方の詩人団体現代詩人賞の候補にもなっていたのだから、その年度屈指の好詩集であったといってもよい。多くの才能の持ち主が、何十年否一生かかってやっとたどり着く地点に氏は瞬時に到達してしまった。それだけに氏のクラブ賞受賞は当時の出席者全員に清潔な印象を与えた。

氏はまさに私にとっての生きた教科書であり憧れであった。田口氏ほどのキャリアはないが、ブーバーやリルケの研究をし、ドイツ語にも精通し、その上オリジナルな宗教詩を作るというのは私の理想像である。私のような非力な人間でも、なんとか先人たちが築き上げてきた知の集積を享受し、それを文章化して後世に伝えたいという欲求はある。私をこういう気持ちに導いてくれたのは氏であった。

この春、田口氏から手厳しい手紙をもらった。私の出した詩集『使徒』の中身を問い質すものだった。私の詩のフレーズにあった「ヨハネは十字を切らない」という指摘について。弁解無用。たしかに、ヨハネが十字というのは比喩としても使えないだろう。私は自らの出直しを氏に誓った。前にも増して謙虚に学ぶことを。そして書くということを懐疑すること。私のウィークポイントである客観性、実証性を考慮に入れること。そんな宿題をもらったまま、田口氏は旅立ってしまった。

田口氏は洗礼を受けていないと聞いているが、氏ほど自らをキリスト者として、自問自答した人間はいないと思う。現在の社会は無神論者の王国で、神の存在に照らし合わせて存在を問うということなど死語である。田口氏のような人間には汚辱にまみれた地上より、はるか天国のほうがよっぽど住みやすいのかもしれない。それを知っていても、私はまだしばらくこの世にいたい。田口義弘氏の存在は、これからも私にとって大きな光である。

私の詩の原点

今から二十数年前、私がはじめて現代詩というものを意識したとき、田村隆一の次のような詩があった。この出会いは、その後、詩の発想を考える上での、重要な意味を持つ契機ともなった。

いかなる条件
いかなる時と場合といえども
詩は手段とはならぬ
君　間違えるな

（田村隆一「西武園所感」より）

詩を手段としてはならないという言葉の響きが、とても印象に残った。この詩の影響で、私は詩を人生の目的として生きていくということを決意した。詩は、経済的には恵まれたものではないと言うが、それも最高の栄誉だと不思議な納得の仕方をした。それ以来二十年が経ち、今や詩は私自身の人生を豊かに体現するものとなった。私の詩の発想は、すべてこのような価値観の上に成立している。そのため、詩文の内面に生じたこと以外、詩のモチーフとしたことはない。だから、今の理想は死ぬまでに最高の「身辺的心境詩」を一篇書くことである。つまり、詩は私の生き方を体現するものだという認識があり、個々のモチーフに対し、それが社会性の領域にあるものとか、芸術性の領域にあるものとかを区分しない。常に生きる意味とは何かを意識することで、言葉に探求していきたい。

私の詩のモチーフは、ほとんど日常を題材としている。だが、それは日常を模写することではない。いつも念頭にあるのは、言葉による日常の変革ということである。それでは、ここでそういう決意を持つに到った体験を少し述べてみたい。幼い頃から、私は白いノートに言葉を埋めることでしか、周囲との精神的な均衡を保てなかった。しかし、そのことは同時に、周囲の雑音に惑わされず、常に一番よい道を歩み続けることも可能とした。それは幻だったかもしれないが、私は自分の書く言葉の中に、周囲の状況とは異次元の、もっとも美しい人生の夢を描き続けることができた。なぜか言葉の世界を通して見る風景は、あらゆるものが新鮮に映った。つまり、目の前の現実とは異質の、言葉の世界を生きるということを、はじめて実感した。

次の詩は、私の詩を書く条件を表現したものである。おそらく、詩を書くという感情はうまく説明できない。

ぼくは思い出すことができない
ぼくはだれのためにこうして
敗者でありつづけようとしているのか
書くということへのおそれもなく

すべての時間が消耗していく

（「夢の場所」）

現在の私は、毎日会社に行き、極めて平均的な社会生活を営んでいる。しかし、そこには人間同士の醜い葛藤、日々下る利潤追求の指令、それによる個の圧殺と非人間化等という現実がある。こうして人間が生きている限り、人間同士の争いという、そんな環境は是正されることはないだろう。歴史的に見ても、人類が誕生して以来、一度として健全な社会環境が、この地上に存在したことはない。だが、それら劣悪な社会的条件に接しても、いつか精神の共和国が成立するという最高の夢を見てしまう。身近に起きる様々な現象に対し、詩の言葉によって安易に加担したくはない。むしろ、目の前の現実を内面化する過程で、それらの醜悪さを詩の中で全て浄化してしまいたい。あるとき、それは次のような言葉となる。

ぼくたちは黙って木屑のように
地軸を走り抜けていった
ひかりが消えていくとき影が残った
共和国のようだった
影はそのままぼくたちの未来だった

（「スタン・ミュージアル」）

こうして見ると、私にとっての詩とは、現実とは異質の次元で、人生の理想を追求するということに他ならない。具体的には目の前の現実に対し、言葉によって真実を描くということであろう。これからも、私は現実の中で美しいものを発想し、人間が見ることのできる最高の夢を、詩としてそこに表現していきたい。

V

世界詩人会議に出席して

世界詩人会議で、いくつか印象に残ったことがある。まず一日目の全体会議で、伊藤桂一氏が、日本企業のゴルフ場乱開発を、辛辣に批判されていたことである。その内容は、だれもこれに異議を唱えないのは、当事者たちがこのゲームに参加しているからだ、という意味のことであったと思う。そう言えば、マスコミもゴルフ場批判はしない。伊藤氏によれば、彼らの大半がクラブを握るからとのことである。これでは、地球環境は悪化するばかりである。今回の会議の統一テーマは「自然と人間」であり、全世界の詩人が集まる前で為されたこの提言は、将来確実に意味を持ってくるであろうし、またそうならなければいけない。それにしても、当日の伊藤氏の憤怒には、普段の温厚さから想像できない厳しさがあった。

つぎに、会議で、翻訳や通訳を担当された方々の存在がある。その中で私は、分科会の発表で郡山直氏、朗読会で田中眞由美氏、大会全体では新延拳氏にお世話になった。私は英会話ができないので、会場内に田中氏や新延氏の姿が見えると、それだけで心が落ち着いた。今回の会議をきっかけに、今後詩人の国際交流はますます広がることになろう。その中で、こうした通訳の存在は極めて重要である。そこで、詩人全体の問題として、国際交流を果たす上で、今後は通訳グループの組織化ということも考えなければならない。

会議の二日目、前橋市長招宴後、前橋ドームで薪能鑑賞会があった。終了後私は、当地に宿をとっておらず、前橋駅に向かう予定であった。しかし、前橋でタクシーに乗るには、電話予約しかないとのこと。しかし、連絡をとれたところで何時になるかわからない。困っていたところに、以前面識のあったKさんに肩を叩かれ、駅まで自家用車で送っていただいた。Kさんがいなければ、当日私は家に帰ることができなかった。しかし、このKさんも、昼間の分科会では、長時間自分勝手な発言を繰り返すアジアの詩人を、英語で一喝していた。冒頭の伊藤桂一氏もそうだが、詩人はやさしさを守るが故に、ときに厳しい姿勢をもたざるを得ない。私も、詩を書き続ける限り、この二人の姿勢を見習っていきたい。

前橋ドームの祝宴の前に、韓国の詩人と交流した。権宅明氏より、韓国の詩雑誌に拙詩を掲載してくれるとのありがたい言葉をいただいた。それにしても、韓国の詩人の熱気にはいつも圧倒される。この数分の間に、まるで手品のように交渉が成立してしまうのである。彼らには、詩を非日常化するというスタンスがない。そこは、明らかに日本人の感性とは違う。そこに、不思議な異文化体験を感じた。この他にもたくさんのことが心に残った。さらに、詩を書くことの喜びを知った。

詩誌「地球」が開く二十一世紀の扉

今改めて思い起こされるのは、「世界詩人祭二〇〇〇東京」のパンフレットに記された「廃墟から出発して五十年　いま、詩の新しい世紀へ」というメッセージのことである。戦後、詩のことばは戦争への加担と反省という立場から、ニヒリズムの度合いを強め、その後そこでの言語の崩壊過程は、六〇年代以降の言語遊戯詩へ、八〇年代から現在へと至る非社会性の詩へと進捗していった。そういうなかにあって、詩誌「地球」は、たえず状況と対峙しながら、世界を視野に抒情の社会化という方向を呈示し、愚直なまでに詩の可能性を問い続けてきた。

今回の「世界詩人祭二〇〇〇東京」は、これまでつねに詩の未来を問い続けてきたそんな「地球」の歩みの総決算であり、新世紀に向けての、さらなる飛躍への第一歩であったと思う。

当日私は、分科会「情報化時代と詩」のパネラーの一人であった。そのため「詩における身体・音声・イメージ」、「世界詩としての俳句」という別の分科会に参加できなかったのが残念だった。私は分科会のなかで、無差別にパソコンの中を飛び交うネット詩の流行を批判した。これには理由がある。たとえば、自分の都合で人と会うことを避け、メールの交換だけで済ませてしまう関係は作りたくないのである。便利な世の中になれば、ますます直接的な対話がいらなくなる。そして、これからはネット上を行き交う情報を取捨選択して、一冊の本を作ってしまうことだって可能である。そんな風潮のなか、私はできれば、人間関係を築いていくにあたって、国内・国外の詩人を問わず、なるべく直接的な関係を大事にしていきたいと思うのだ。つまり酒席を共にし、そこで訳の分からないことを言ったり、聞いたり、そうしたむだな時間を過ごすことの方が大切であろうと思う。

今回、地球賞に輝いたのは、それぞれの国宝物のような詩人たちである。私は三名の詩人の講演に聞き入っていた。とくに、アレス・デベリアクは、石原武氏の訳でその存在を知ってから、もっとも私が関心を抱く詩人であった。デベリアクの講演内容は、私の語学力ではまるで理解できなかったが、しかし、彼にはことばの意味を超えて人を説得する力があった。彼の表情、話しぶり、声の強弱、間のとり方、そこからは何とも言えない詩人としての矜持が感じられた。

人間の言語行為の七割は、ことばのやりとりをもたない非言語コミュニケーションであるというが、彼の動作の一挙手一投足は、ことばの意味を超えて、見事なまでにその豊かな人間性を映し出していた。おそらく、こんな感動はＩＴがいくら発達しても味わえるものではない。これも、今回の詩祭がもたらした恩恵の一つである。

一九九〇年代後期日本の詩の状況

一九九六年八月、前橋で開かれた第十六回世界詩人会議には、世界の三十一地域から六百五十人の詩人が集まった。中国の詩人牛漢氏は、その基調講演で「聖なる詩があったおかげで、闇としこりを取り除くことができた」と述べている。この言葉の背景には、戦中から戦後へ、戦争、逃亡、飢餓という苦難の連続の中にあって、地を耕し、牛車を引き、重労働に耐えながら生きた氏の現実がある。

九九年七月、第七回アジア詩人会議がモンゴル・ウランバートルで開催された。日本からは秋谷豊、新川和江他多数が参加。

二〇〇〇年十一月、日本詩人クラブは五十周年記念行事を、日本・オランダ文化交流四百年とした。講演にはオランダの桂冠詩人ヘーリット・コムレイ氏を迎えた。同時に日本詩人クラブは、翻訳・評論を対象とした詩界賞を制定し、その第一回目を秋吉久紀夫氏の翻訳詩集『現代シルクロード詩集』に贈呈している。同年十一月、詩誌「地球」も創刊五十周年を記念して、「世界詩人祭二〇〇〇東京」を開催した。基調講演は、アレス・デベリアク（スロベニア）、金南祚（韓国）、ペトロ・J・ペニヤ（スペイン）、メンド・オーヨー（モンゴル）、ホルヘ・テイモッシィ（キューバ）、ハナン・A・アワッド（パレスチナ）。世界二十五カ国、百人を超える海外詩人が一堂に会した。

国内の活動では、第二十一回地球賞が、海外詩の普及に貢献したことに対し、金光林（韓国現代詩）、石原武（英米現代詩）、田村さと子（ラテン・アメリカ文学）の三氏に贈られた。翻訳詩集では、石原武訳『アレス・デベリアク＝不安な時刻』、真辺博章訳『オクタビオ・パス詩集』、秋吉久紀夫『牛漢詩集』、片瀬博子訳『現代イスラエル詩集』など。日本語詩集として龍秀美『ＴＡＩＷＡＮ』（Ｈ氏賞）、河邨文一郎『シベリア』（日本詩人クラブ賞）など。評論では、世界のマイノリティの詩を発掘して、石原武『遠いうた』が出色。この他、佐々木久春が現代中国詩人の詩を多数翻訳。同人詩誌「こだま」は、タイ、韓国、台湾をはじめ世界中の子供の詩を掲載。丸地守編集『青い憧れ』『新しい風』は、日本と韓国の若い世代の仕事をそれぞれ百人ずつ紹介し、両国の間に新風を巻き起こした。

このように、日本の現代詩人の国際交流は活発を極めてきている。さらに、これらの活動は加速を強め、国境をボーダレス化していくことになるだろう。われわれ詩を書くものにとって、世界が詩によって一つに結ばれることほど嬉しいことはない。そして、それは間接的に世界平和に貢献するものとなっていくだろう。

現代文明と宗教の超克

アメリカの国際政治学者サミュエル・ハンチントンの著書『文明の衝突』によれば、冷戦終結後の世界情勢がイデオロギーの対立から、宗教を孕んだ文明の対立へと変わってきているという。ハンチントンは、それらの要素を中華文明、日本文明、ヒンドゥー文明、イスラム文明、西欧文明、ロシア正教会文明、ラテンアメリカ文明、アフリカ文明の八つに区分する。この文明のパラダイムで現在大きな意味を持つのは、テロの温床ともなっている西欧キリスト教文明と非西欧イスラム教文明の対立である。しかし、本当に文明は対立するものだろうか。

そして、もう一つは一神教を主体とする「砂漠の思想」と、多神教を主体とする「森林の思想」の対比である。「砂漠の思想」にとって自然は戦うべき対象で、一方「森林の思想」では自然は神々が宿る崇拝すべき対象となる。

しかし、こうして文明なり、宗教なりを分析することが、さほど有効的な手段とは思えない。われわれ詩人は、ハンチントンのような実利的で科学的な分析に加担してはならないのではないか。分析するから、文明が八つになってくるし、宗教面ではその違いばかりが際だってくる。たとえば日本は多神教の世界で、文化面としてのキリスト教、儀式としての仏教、礼節としての儒教を使い分けている。こうした多様性は、従来主体性に乏しい民族として嘲笑の対象にしかならなかった。しかし、こうした姿勢も、「森林の思想」と「砂漠の思想」の融合とみれば、それほど非難すべきことに当たらない。むしろ、この柔軟性は歓迎すべきことにはならないか。

これからの時代、宗教、文明の在り方を一つの価値観に固定化することのほうが危険である。とにかく、われわれは既成の秩序、法則に捕われず曇りのない心の目で物を見ることが大切である。これからわれわれが為すべきことは、東洋的な「森林の思想」と西欧的な「砂漠の思想」の融合によって、グローバルに自然との調和と共生を図っていくことではないか。これらの課題は、たとえ論理的には難しくても、感性の領域に訴えていった場合決して不可能ではない。いよいよ詩人の出番になる。

われわれ詩人にはこの複雑に絡み合う文明、宗教を対立から調和に変えていく役割がある。詩人の言葉を通して、世界中の人々が、論理的な説得より内面的な共感へ、さらに静かな内面の対話へと心が動いていくことを期待したい。かつてユーラシア大陸の東西交易路、シルクロードの地で、多くの中国の詩人たちと一緒にそれらを語れることは何か象徴的である。その交易路を、かつての経済活動から現在の詩歌活動の起点に変えて、東西の隅々にまでこの感性の輪を広げていければどんなに嬉しいことか。

夢のシルクロード異聞

　昨年の夏、私は詩誌「地球」主催の第九回アジア詩人会議に参加した。会議期間中、ウルムチ、トルファン、カシュガルとどれも魅力的な観光地を訪ねた。そこでの詩人会議の内容は、いずれ「地球」誌上で詳しく報告されると思うのでここでは書かない。

　私が深く考えさせられたのは、各観光地に集まる売り子のあまりのしつこさで、とりわけ学校にも行かず土産物を売っている子供たちの姿であった。こんなことは、アジアに限らず、どこの発展途上国に行ってもそうで、あえて問題にすることもないという意見もあろう。つまり、それほどの秘境に行くのだから、それ相応の精神的な授業料を払うのは当たり前だと。もっと言えば、それさえもある種の発展途上国に見られる風物詩の一つであり、もっと寛大に見てやったらどうかの声も聞こえてきそう。何せ、彼らからすれば日本人は経済大国からきた上得意であり、一攫千金を夢見るチャンスを邪魔することもあるまいと。たしかに、こうした物売りの光景は常態化していて、何カ所か中国の観光地を巡っているうち、しだいに目に馴れてきてしまうのもたしかである。現地人中国人ガイドも、そんなのは「ブヨウ」と言ってはねのけておけば済むと教えてくれる。つまり、軽く受け流せばいいということで、そうすると、売り子との交渉もゲーム感覚になってくるから不思議である。しかし、私はそうした光景を打ち破って、そこから先に一歩も進むこともできなかった。

シルクロードの名所の一つ、高昌故城の入り口で鈴を売っていた子供は、すでに商売用に初歩的な日本語をマスターしていたのには驚いた。その子供に「学校へ行かないのか」と聞けば、「お金を作ってから行く」のだという。それはそうである。日本だって、高度成長前にすんなりと大学に進めたのはわずかで、敗戦後まで遡れば、その多くは貧しさ故に高校にすら進めなかった。そう言えば、われわれ戦後生まれでさえ、中学の同級生に新聞配達や牛乳配達で家計を助ける者がいた位である。だから、現在の中国過疎地の経済事情を考えれば、たしかに「お金を作ってから行く」というのはまんざら嘘でもない。しかし、そうして彼らが学んだ先にいったい何があるのだろうかと、老婆心ながら余計な心配までしてしまう。私には学問をするためであれば、経済的貧困はあまり障害にならないと思う。

さらに衝撃が走ったのは、トルファンあたりではホテルの部屋にマッサージと称して年若い女性が堂々とやってくることだった。その前段階として、ホテルのフロントから「マッサージはどうか」と再三しつこい電話が日本語でかかってきて、それを断った後にさらに押しかけてくるという念の入れようである。しかも、時刻は夜の十一時過ぎで、一体この国の生活時間はどのようになっているのか。もちろん、これも言うまでもなく「ブヨウ　ブヨウ」である。もしも、これが「ウエルカム」であったらどうなっていたのか、そのあたりを想像すると恐ろしい。いずれにしても、それが何であろうと、ここでも彼らの主目的は日本人目当ての外貨稼ぎである。よく新聞で、日本人観光客が買春容疑で捕まることが報じられているが、それを誘発する行動が当事者たちにはなかったのか疑問である。

日本に戻って、年末に中国企業がIBMのパソコン事業を買収したとのニュースがマスコミを走った。四年後には北京オリンピックが開催され、中国はかつての日本以上に近代化と過疎化の二極分化が進んでいる。残念ながら、のんびり構えた大陸的な性格の中国人に一人も会うことはなかった。

中国のもっとも大きな問題は、いまだに手放せずにいるマルクス主義的イデオロギーと、資本主義経済推進のアンビバレンツな二元化である。そうした精神と物質の矛盾は、富裕層と貧困層、都市の発展と地方の過疎化のなかに自然解消されてしまっている。日本人は累進課税と高額な資産税によって、ほぼ平均的な暮らしが維持できている。もう一つはシルクロード圏で勢力を持つイスラム教徒の存在が、これからの新中国の政策とどのように関わってくるのか。前途多難である。

いずれにしても、この国は今や経済優先で、倫理観の欠如はいかんともし難い。他国のことであるが、いったい中国は、今後何を核として成長を果たしていくのか。日本がこの国を相手にしていくときの難しさを痛感する。

とにかく、精神が殺伐とした中国から帰ってきて、日本人の穏やかな表情を見て安堵した。私の勤務する東京の日本橋界隈には、今も尚きちっと信号機の赤を守る礼儀正しい大勢の日本人がいる。まるで車など来そうにもない場所で、彼らは忍耐強く信号が青になるのを待っている。こんな非合理でのどかな光景は、逆立ちしても今の中国にはないだろう。そして、そこでの日本人は、だれに命令されたのでもなく、自らが内部に作り上げた命令規範によって行動しているのである。私はこういう人たちがいる限り、日本経済は決して衰退することはないと思った。もはや私にはアジア市場の混沌がいいだの、物事を大きく飲み込む中国の大陸的性格がいい、などという言葉は容易に口には出せない。

アジア環太平洋詩人会議の意義

　私は〇四年第九回アジア詩人会議・ウルムチ・カシュガルに参加させていただきました。その時感じたのは、会議そのものが綿密に練られたプログラムがあってというより、その場の雰囲気や状況によって変容しつつ進んでいくというおおらかさでした。詩人は頭で結びつくのではなく、たとえ言葉ができなくても気持ちを通じ合わせることが大切であることを学びました。詩の朗読会で言えば、今回のアジア環太平洋詩人会議も含め、事前に翻訳されたペーパーが用意されているわけではなく、各国の詩人が母国語で朗読をするだけでした。しかし、人間の言語活動の七割はノンバーバルだと言われているように、そこには朗読者の身振り、手振りをみて気持ちで通じ合うものがあるはずです。そうした観点からみて、今回の詩の朗読は表情豊かでどれも感動するものばかりでした。言葉として意味は分からなくても、訴えて来る思いは充分伝わってきました。

　いうなれば言葉の意味は分からなくても、喜怒哀楽の表情は万国共通のものなのでしょう。だが私は、詩人に知性はいらないと言っているのではありません。すべてに優先して感情を通い合わせることが必要だと言っているのです。たとえ詩の朗読が、正確な言葉となって心に映し取られなくても、何かを感じた時点で、われわれ詩人は多くの収穫があったとみるべきでしょう。アジア環太平洋の詩人たちと、そうした言葉を越えて心の交流が体現できたことは何よりの収穫でした。とくに、中国の詩人沈奇氏やアジア詩人会議で通訳として活躍された太陽舜氏との再会、台湾の重鎮陳千武氏の熱のこもった講演の拝聴、同世代の韓国で活躍する権宅明氏との日韓の詩壇状況に関する雑談と、またたく間に会議の時間は過ぎていきました。

もう一つ、詩人として真剣に考えなければならないのは、巷を行き交うグローバルという言葉の解釈です。本来グローバルは、詩人たちが世界の人々と気持ちを通い合わせるという意味で使われるべきです。しかし、現在この言葉は政治・経済の領域に集約されて使われてしまい、本来の文化的な意味機能を失ってしまっています。現在のように、政治や経済がグローバルの名のもとに過度に国境を越えてしまうといろいろ軋轢が生じてきます。ある面、文化も無神経に国境を越えると微妙ですが。やはりグローバルとは、世界平和の実現や和暢友愛の精神など、目に見えない価値に還元されてはじめて意味を持つのだと確信します。会議には十一カ国の詩人が参加されました。まさに、この会議は、瞬時にしてそうした詩人の理想を現実化できる場であったことです。参加できたことに感謝します。

最後の詩壇人土橋治重

土橋治重との出会いは八〇年代の終わり頃だった。私は八〇年代の半ば頃に「詩と思想」の編集にかかわり、原稿依頼などの連絡で全国の詩人との接触を持つようになっていた。当時の編集長は高良留美子、編集委員・スタッフとして木津川昭夫、佐久間隆史、森田進、しま・ようこ、一色真理、岡島弘子と私などがいた。この時代は私が若かったせいか、彼らの高度な議論の中に主体的に参加できなかったにせよ、人生で一番詩のことが勉強できた時期であった。その後「詩と思想」の販売部数が伸び悩み、編集体制の変革が余儀なくされることになってしまった。編集委員会は解散。

そして八九年初頭、「詩と思想」の再建人として登場したのが小海永二で、私は氏によって佐久間、森田とともに新体制の編集委員にも起用された。佐久間は気鋭の詩論家、森田はアジアに幅広くフィールドを持つ研究者でもあった。他に葵生川玲、麻生直子、小川英晴の新編集委員。小海の反詩壇ジャーナリズム、マイノリティへの目配りという編集姿勢は素直に共感できた。

当時の詩壇の評価は「現代詩手帖」を中心に集権化していた。とりわけ、単なる珍奇な言語モダニズム作品について、同系列の批評家が新しい感性だ、前衛的手法だとかいってほめそやす風潮は、心ある人にとっては我慢の限界でもあっただろう。そこでの「詩と思想」の役割は、もっと詩壇を人間の血がかよったものにしよう、全国のどの地域、どんな場所からも優れた詩人が出てくる場所を構築しよう、ということがその根底にあったのだといえよう。

この新たな動きを始めるにあたって、小海永二と共にもっとも重要な働きをしたのが詩壇の重鎮土橋治重の存在であった。今でも、当時の二人の働きは戦国の武将なみの迫力があったと断言できる。私は彼ら二人の鋭い眼光に射すくめられ、はじめて詩壇内部の真相に触れた思いがした。そして、現詩壇の動向に何か異議を唱えるからには、このまま「突破するか」、「筆を折るか」のどちらかで、その中間の選択はないと腹を括った。私は一度詩壇改革という言葉を口に出したからには、後は戦うしかない、そのことを無言で二人に教えられたのである。

新体制の「詩と思想」で、まず土橋は八九年五月号座談会「詩を、もっと開かれた、明るい場所へ」に登場している。他に参加者は齋藤忢、葵生川玲で、司会は編集委員の佐久間隆史。この中で土橋は、佐久間の問いに答えて、新聞記者に従事していた経験から、「新聞は、一部の商業誌を見て詩人に原稿依頼する」と偏向した新聞の有り様とその不勉強さを指摘している。もう一つ、同人誌を親分・子分の関係から、先輩・後輩の新しい関係に改めて、先輩は「どんなことがあっても悪い作品は推薦してはいけない」と述べている。土橋の詩風は人生派と芸術派、社会派と言語派でいえば、いずれも後者により近い。つまり土橋の詩は、ある意味で言語至上主義だが、つまらない詩を必要以上に持ち上げる、未熟な詩人に営業的な見地から称号を与えてしまう、ある種の歪んだ評価について異議を唱えていたのである。

それを発展させたのが、私の司会によって行った座談会「地域の現代詩と『詩と思想』の現在」

（九一年年鑑号）である。当日、私は戸塚駅に土橋を迎えた。そして、土橋は車の中で鎌倉や横浜におられた時のこと、詩壇改革には若い力が必要なことなど、小さな話をいくつかされた。他に参加者は三谷晃一、井奥行彦、小海永二。座談会は戸塚区舞岡の小海宅で行われた。

座談会が始まるなり、土橋は車中とは打って変わり鋭い舌鋒で詩壇の現状を斬り始めた。東京に政治・文化が集まり、そこに地方の人の目が行き、ひいてはその象徴としての「現代詩手帖」を崇拝してしまうことの愚かさ。しかも、「現代詩手帖」に載る詩は知と情が乖離していて、少しも読者の共感を得るものではないこと。「現代詩手帖」＝日本の詩壇の図式になっているし、この流れを変えない限り、日本の詩壇に将来はないとの意。ただしその仕事を完成するには十年はかかる。ここでの土橋は、自らが朝日新聞内部にいたことを踏まえ、詩壇の構造改革の必要性を強く訴えていたのだと思う。つまり、中央集権から地域それぞれの主体へ、その象徴としての「現代詩手帖」の一党独裁の打破、それを支える新聞文芸部の意識改革とが総合的な視野によって唱えられていた。そして、その媒体としての「詩と思想」の活用。この時点での土橋の形相は、まさに詩壇改革に燃える意気軒昂な野党党首としてのそれだった。座談会を終え、そこでのマニフェストを実行していけば、詩壇に光りが指すという希望もうっすらみえてきた。

私はここでの土橋の姿勢に共感し、まさに野党的精神によって詩壇に立ち向かってきた。はじめの段階で、土橋にそうした姿勢を示唆されたことは幸いであった。それまで私の周囲に、ここまではっきりと名指しで詩壇改革を唱える詩人はいなかった。土橋の詩風は歴史もの、ユーモアものが主で、とくに思想を前面に押し出すものではない。そんな土橋によって、つぎからつぎへ語られる具体的な詩壇改革のありようは驚きであった。しかも、八十歳を越えた年齢。日本現代詩人会名誉会員（一九八七年）、同副幹事長（一九五八年）と、すでに揺るぎない詩壇的地位も得ていた土橋だが、ここではそんな過去の名声をすべて投げ打って、詩壇の構造改革という最後の大勝負に出たのであった。

あれから十五年、詩壇は土橋の目ざした方向に着実に歩を進めて行っている。まだ一部の賞が「現代詩手帖」系で独占されるなど、いくつかの問題はあるにせよ、もはや「現代詩手帖」＝日本の詩壇という見方は当たらないだろう。現在「現代詩手帖」の誌面に詩が掲載されたか否かで、詩人の優劣を言うものはほとんどいないだろう。詩の評価も「現代詩手帖」だけがするのではなく、「詩と思想」を含めきわめて多元的な広がりをみせている。しかし、十五年前には、「現代詩手帖」＝日本の詩壇という風潮が隠然たる勢力として幅を利かしていたのである。ここで私は、土橋の考えた詩壇の構造改革は確実に実が結んだことを告げたい。

私はとくに詩作面で、土橋の門下にいたわけではない。「詩と思想」編集の過程で偶然に土橋に遭遇したにすぎない。しかし、さまざまな場所で、会うなり「あなたの手で詩壇をきれいにして下さい」と激励を受けた。私が詩壇とのかかわりの中で、今もいろいろ発言の場が確保されているのは、土橋の励ましがあったからだと感謝している。そして私の脳裏には、今も尚優しさ七分、厳しさ三分のちょうどよい割合で、本当に詩人らしい風格をもった人物としての土橋治重の姿が刻まれている。今後、私が詩壇にかかわり続ける限り、その凛とした姿は永遠に消えることはない。

反骨詩人の系譜と継承

―先達詩人斎田朋雄氏について―

明治の近代化以降、なぜ群馬県から日本を代表する萩原朔太郎、山村暮鳥、萩原恭次郎、大手拓次などの詩人や内村鑑三、新島襄などの宗教家が数多く輩出されてくるのか。そして驚くべきはその活動内容で、彼らの仕事が一地方の評価に閉ざされたのではなく、日本の詩史や宗教史を作り上げていくためのバックボーンとなっていることである。いわば、群馬はイタリアのフィレンツェに伍し、日本文化ルネッサンス発祥の地と捉えてもよい。他にも群馬には日本に叙事詩を注入した湯浅半月、それに平井晩村、高橋元吉、岡田刀水士、伊藤信吉などの詩人たちもいる。そして、ここにもう一人斎田朋雄が新たなルネッサンスの担い手として、日本現代詩人会の先達詩人に選ばれたことは伊藤信吉以降の快挙である。

斎田朋雄は一九一四年（大正三）、群馬県旧北甘楽郡に生を受けた。一九三三年（昭和八）二月、同人誌「白園」創刊とその詩歴のはじめは戦前にまで遡る。しかし戦時下、不当な思想的弾圧を受けて不本意ながら詩作を中断。その才能の全面的開花は終戦を待つしかなく、戦後となり「近代詩人」「詩風土」「詩風」と果敢に作品を発表。そして、斎田は詩的拠点ともいうべき詩誌「西毛文学」を一九五三年十二月に創刊し、二〇〇七年一月までで二〇五号が刊行されている。最近では、斎田の評論・非戦と平和の使徒「住谷天来と『聖化』」の連載が出色である。

斎田は現在まで詩人として「西毛文学」を拠点に地元富岡地区の市民文化の育成と向上に尽力を果たしながら、数多くの詩集を出版。九〇年には青磁社から『斎田朋雄全詩集』を刊行。評論家として『大手拓次曼陀羅』『リアリスト萩原恭次郎』を出版。また社会活動家として『福祉を食物にするな』、郷土史家として『赤煉瓦物語』なども著わすなど、そこには群馬県人にみられる「新しいものに挑戦したい」という進取気性と「何でも知りたい」という好奇心の両面がうかがえる（ちなみに私の妻の母は伊勢崎市出身であった）。

実生活では小学校高等科卒業後、地元での靴甲ミシン加工職の見習工を経て上京、東京浅草での靴ミシン業の開業。三方克によれば「斎田家は西上州の素封家で、多くの人材を輩出している」（「斎田朋雄ノート」）とあり、斎田家は昭和初期の農村不況をまともに受け、斎田はあり余る知的欲求を持ちつつ、やむなく上級学校への進学の道を断たれた一人であったといえよう。戦後は吉井町、富岡町でスポーツ用品の店斎田商店として事業を拡大。一九五〇年（昭和二十五）には地元の吉井町区長就任。五七年（昭和三十二）には呼びかけ人の一人となって群馬県詩人クラブを結成。ハンセン病の患者施設草津の「栗生楽泉園」の詩人たちとの交流は二十年に及ぶ。社会福祉活動家として、反戦反核運動の他、現在は八ッ場ダムをストップさせる群馬の会の代表として自然環境保護のための市民運動の先頭に立っている。

こうしてみてくると、斎田朋雄の従来の先達詩人にはみられない側面が浮かび上がってくる。その姿勢は自らを「日本の庶民の足場で詩と対座してこられたと思います。群馬の西毛の一地方の住民として、戦後史を一貫して詩的感性を軸に生きてきたと思います。」（『斎田朋雄全詩集』後記）と振り返るように、あるいは三方が前述の文章で、「彼のすべての詩に、底辺の日々に獲得した形質の目が活きている」と評しているように、一貫して中央の詩壇ジャーナリズムの評価とは無縁であったということがいえる。

こうして、われわれが斎田の経歴を辿ってきたとき、この詩人の詩作活動をみるより先に、その現実活動のほうに視線が働くのは仕方ない。だが私は、斎田の詩業を必要以上に社会派リアリズムの枠に押し込むことは避けたい。今回の先達詩人顕彰についてのもっとも大きな意味は、従来の言語派や社会派というステレオタイプの枠を越えて、詩界全体の中の大きな存在に斎田の詩業が対象化されたということの評価とすべきであろう。いわば斎田はアカデミックの城にこもらず、毀誉褒貶の激しいジャーナリズムの仕掛けにも乗らず、自らの風土に軸足を置いて地道な活動を続けてきたことについて、われわれ詩人は以て瞑すべしというべきであろう。

実生活では二人の子供に恵まれた斎田だが、いずれも東京大学を出て、理工学、医学界の先端で活躍されていることも特筆しておきたい。『斎田朋雄全詩集』の年譜によれば、四七年（昭和二十二）十月十四日、妻花子三十五歳で病没。長男洋一十歳、次男俊明四歳とある。そういう家庭環境の中での子育ては並大抵の苦労ではなかったであろう。これをみても、斎田ほど物心両面で不撓不屈の精神をもつ詩人を寡聞にしてしらない。ちなみに、妻の花子さんはクリスチャンであったとのこと。おそらく、天国で今回の先達詩人の栄誉に大きな拍手を送っているのではないか。

「東京詩学の会」の頃
―『齋藤怘詩全集』―

七〇年代半ば、私は東京に出てきたことを契機に雑誌「詩学」に詩の投稿を始めた。当時の選者の一人が齋藤怘氏で、氏は私がはじめて投稿した詩を入選作として下さった。そして「東京詩学の会」にも出席することになったのだが、そこにも研究会講師の一人として嵯峨信之、村岡空氏と共に氏の姿があった。氏は初対面の私に「地道に頑張ってください」とにこやかに話しかけて下さった。氏の懇切丁寧な技術指導は、詩の一字一句をゆるがせにせず、細部に行き届いていて初心者の私の胸を打った。まさに氏にとって研究会講師は天職のようで、それまでお会いした先達の中でもその指導力は際立っていた。研究会後は若い研究生と共に新宿界隈の飲み屋をはしごし、青臭いわれわれの文学談義に真剣に耳を傾けてくれた。

そして齋藤怘氏は、私が研究会に顔を出さなくなれば、きまって長文の手紙で「出てくるように」と激励して下さった。先日、詩全集の打ち合わせで奥様にお目にかかった折り、氏は周囲の「彼にはまだ早い」という言葉を押し退けて、私を日本現代詩人会の会員に推してくれていたことも初めて知った。私は八五年に同会に入会し、氏の推薦もあって、H氏賞の事務やゼミナールの手伝いなど、すぐにいろいろな役目を当てられた。また氏は詩集の跋や解説をたくさん書かれていたが、まだ駆け出しの私に、ある人の解説の仕事を紹介してくれたりしたこともあった。氏は私のために陰になり日向になり、詩壇で生きるための道筋を作ってくれていたのだと思う。

そんな氏から電話で、しばらく詩壇から距離を置きたいとの話を聞いた時期がある。その頃私は「詩と思想」研究会の企画運営を任されていて、かつての「東京詩学の会」のように、若い書き手のために詩の道場のようなものを立ちあげることを考えていた。そこではじめに思い浮かんだのは、研究会講師に佐久間隆史、森田進氏と共に氏を招くことであった。氏の存在もあってか、研究会はすぐに二、三十名の出席者を擁するものとなった。さすがに「詩学」の頃のように新宿界隈をはしごする体力はなくなっていたが、それでも面倒見の良さは少しも変わっていなかった。この「詩と思想」研究会は、菊田守氏の時代を経て、現在も一色真理、森田進両氏を講師に招き続いている。

こうしてみると、若き日の私にとって齋藤怘氏の存在は詩の師匠、人生の師匠であったことを痛感する。氏の晩年、私は氏の主宰する会に顔を出さなくなっていた。本当はもっと最後まで付き合い、氏の話に耳を傾けるべきであったと悔やまれてならない。氏は戦後詩が産んだたぐい稀な教養の持ち主だった。氏の存在がなければ、私は現在の雑誌の編集や詩集の解説の仕事、詩人団体の運営など、どれ一つも満足にできなかったように思う。齋藤怘先生、長いこと私たちのためにご指導いただき感謝申し上げます。

『土橋治重を語る』を読む
―土橋治重の禁欲精神について―

毎年六月、「風忌」（土橋治重さんを語る会）の講演会は楽しみに出席していた。最近では中学の後輩石原武が語った「土橋治重の望郷について」、戦後早い時期から交流があった筧槇二「土橋治重さんの思ひ出」などが印象深い。死者となって、こんなにも現世に生きる人たちから慕われている土橋治重の生き方こそ、私は理想とするものである。人間は死んだら即ご用済みというものではなく、ここでの土橋のように現世に生きる人たちに、つねに何かを示唆する霊的存在となって、なおも生き続けていかなければならない。

本著『土橋治重を語る』は、土橋の十三回忌を記念し、「花」同人、旧「風」同人、その他土橋と親しかった知人たちがさまざまな角度から文章を寄せている。刊行委員会委員は秋元炯、菊田守、鈴切幸子、丸山勝久、宮沢肇、山田隆昭。寄稿者は委員を除くとつぎの通り。黒井和男、伊藤桂一、新川和江、秋谷豊、飯島正治、石原武、磯貝景美江、大井康暢、笠井忠文、筧槇二、笠原三津子、柏木義雄、風木雲太郎、狩野敏也、木津川昭夫、坂口優子、佐久間隆史、嵯峨恵子、篠崎道子、鈴木俊、高木秋尾、高木護、鷹取美保子、高田太郎、中村吾郎、中村不二夫、西岡光秋、新倉俊一、林壤、原

田道子、原子朗、馬場正人、坂東寿子、久宗睦子、松本建彦、三井葉子、山田賢二、八尋舜右、鎗田清太郎。

私はこれら土橋に寄せられた文章を読み終えて、その人生に対しての強い禁欲精神に共感した。たとえばそれは、土橋が原稿の売込みに行く場面を描いた八尋舜右「詩人と〝おまんま〟」などにつよく現われる。土橋は八尋の勤める出版社に行き「詩ではおまんまがたべられない」から、何か書かせてくれないかと請う。それなら武田信玄はどうかということをきっかけに、いわば飯を食うための歴史小説家土橋が誕生する。八尋によれば、以降土橋が手がけた信玄物だけで十冊超、その他テーマとなった歴史上の人物は平将門、源義経、北条政子、楠木正成、北条早雲など数十にのぼるという。それらは「〝おまんま〟稼ぎの仕事にしては、ずいぶんと時間も労力もかけ、熱意をもって史料渉猟にあたった」ものだというが、これを勤勉と言わなくして、何というのだろうか。ぜひ、私もこれから土橋の歴史小説を読んでみたい。

このように、土橋は前半を新聞記者、後半をある種の売文業に徹し生計維持を図るなど、生活に対しての生真面目さが光る。もう一つの禁欲精神の現われは女性との婚姻という形へのこだわりである。「三度の結婚」といっても、生涯「三度の恋愛経験」をしたとすれば見方は変わるだろう。これについて、大井康暢が「彼は聴衆の前で三人の妻について語り、夫人たちに与えた愛情と、三人の夫人によって、現在の自分があり得たのだということを、繰り返し話した。」(「土橋治重の人と作品」)と書いているのが印象的である

土橋の強い禁欲精神の表出は、つぎのご子息黒井和男「短い父の思い出」という文章からもうかが

われる。

オヤジは新聞記者であり、詩人であったために、あまり家庭的な人ではなかった。詩心を失いたくないために、新聞記者という世俗の仕事から解放されたかったため、第一線の記者を引退し、閑職の調査部勤務を志願するほど出世というものを捨て、自分の生きる道は詩だとばかりにそれに邁進していった。そのせいで家庭という一般的な世俗の世界があまり好きではなかったのではないかと思う。

これを読むと、歴史小説家を志したことの裏には、「〃おまんま〃稼ぎの仕事」だけではないある種の文学的な理想が隠れていたことが分かる。生計の維持だけであれば、何もここで出世を諦めることもなかったであろう。出版社へは、「おまんまのため」とはある種のレトリックで、内心、文章の達人としての自負に溢れての訪問ではなかったか。そのことは、西岡光秋「ひとときの思い出」の中での「ぼくは、ぼう大な資料を持っていますからね、どの時代か分かれば、仕事も早い」という土橋の言葉からも推察できる。

達人土橋の誇りは、やはり新聞記者の後輩飯島正治の「土橋先生は、頼るものをもたない詩人として、是々非々で周囲に接した。学問の人が『風』に評論を持ち込んだ時、自分の考えだけを軸に論理の回路を作っているとして、没にした。」（「新聞記者と詩人」）という指摘によっても明瞭である。篠崎道子「帯をしごく」には「同封された原稿は使いものにならない」とあり、編集者土橋の厳しさがリアルに表現されている。ここまで詩壇に詩人道の確立を望み、それに全人生を賭けて立ち向かっていた詩人は後にも先にもいない。

ところで、菊田守「本気ということ」によれば、土橋は同人に自らをさんで呼ぶように諭していたというが、私はいちども生前の土橋をさんと呼んだことがない。飯島と同じように、土橋には先生という呼称が自然に口をついて出る威厳があった。昨今は居酒屋などの交流会で、詩人みな平等、老若男女、長幼の序など関係なく、すべてさんづけで済んでしまっている。私は、若い未熟な人たちにとって、本当に詩壇の秩序はそれでいいのかと気になる。時には詩の世界にも師があっていいし、先生がいたっていいのではないか。

土橋の詩に独特のユーモア感覚を指摘する詩人は多い。佐久間隆史は「おかしみと悲しみ」という文章で、「自由な音楽」(詩集『STORY』)という詩を引きながら、それは「悲しみをおかしみと捉えているところに成立している」と分析している。このように、土橋のユーモアは自ら「サンフランシスコの日本人町で、野望と屈辱の日々を送る」というように、厳しい移民生活の体験を踏まえたところで成立している。秋谷豊は詩集『サンフランシスコの日本人町』について、「この詩集は日本の開拓文学、移民文学の先駆的意味をもつ」(「埼玉の土橋治重」)と述べている。ユーモア詩として、高田太郎が触れている詩集『馬』、新倉俊一が触れている『異聞詩集』が出色。林壌「土橋治重先生の指導」にあるアフォリズム的詩論の紹介も貴重。北条敦子「土橋先生と私」の師弟関係も微笑ましい。

丸山勝久は「師から教えて頂いたことは、数限り無いが、その中の一つに『不言実行』と言うことがある。(略)送られて来た同人の原稿の中に秀作を発見すると、自分の事のように喜び、部屋中を跳ねまわっておられた。」と、多くの人たちに愛された人柄の根源を語っている。また鎗田清太郎の文章「土橋治重のユニークな詩と人を偲んで」からは詩人土橋の全体像が見えてくる。最後に伊藤桂一、新川和江という詩壇の重鎮他、全体の文章に触れず、アトランダムに好き勝手な事を書いてしまった非礼をお許し願いたい。

物故詩人列伝　森菊蔵

一般に詩人は書き残した作品がすべての結果で、その死後個人的なことに論及するのは瑣末だとする見方がある。それはそれで分からないでもない。だが、そうなると当該人物の死後、そこに残るのは第三者によって描かれたある種の抽象的概念だけということになってしまう。そこでさらに危険なのは、それによって一部の詩人たちだけが天の玉座に招かれ、その他の詩人は必然的に忘却の彼方へと追いやられてしまうことである。私はそういうアカデミックな文献主義への反発もあって、これから折りに触れて物故詩人列伝を書き始めることにした。

一九九七年二月二十一日、森菊蔵は私に強烈な印象を残してこの世を去った。享年六十九歳。私がこの人物を初めてみたのは、九一年の日本詩人クラブ新人賞授賞式の場であったと記憶する。当時、たしか森はクラブの理事に選ばれていたのではないか。短軀だが恰幅がよく、みるからに仕立てのよいツイードの背広が、その世俗的な風貌をより一層際立たせていた。その大声と人を威圧するかのような視線が森の専売特許であった。「この人は本当に詩人なのか。こんな人が理事になっている詩人クラブは本当に大丈夫なのか」と思わせるには充分なキャラクターであった。この時の私の第一印象は、その後さまざまな所から入って来る森への風評とさほどの狂いはなかった。森の一世一代の大舞台は忘年会、新年会での最後の一本締めで、その際の掛け声のすばらしさはタイミングといい、声調といい、天下一品であった。

森は詩人の中では、特異すぎる経歴を持っていた。群馬県立桐生高校を経て慶応大学中退。一九四九年、衆議院議員長谷川四郎（農水相、建設相、衆議院副議長歴任）の秘書となって政界入り。その後十年間、自由民主党秘書会議長、衆参両院秘書会会長を歴任。この間、一般に海外旅行が難しい中、アメリカ、中国などのアジア、ヨーロッパを視察。詩人としては福田正夫門下に入り「詩性」「日本詩壇」の同人。五二年には第一詩集『開花期』（アポロ社）を刊行。五五年詩集『背後』（光線書房）刊行。所属詩誌は「骨の火」「ＦＯＵ」「光線」「詩燐」「百花」「抒情詩」「日本詩潮」と多彩。この頃、やはり父親の議員秘書をしていた辻井喬には国会内でよく出くわしていたという。

政治家をある特定の色で括ることは危険だが、森が政治家＝世俗の体現者であったことは否定できない。おそらく国会内は百鬼夜行の場で、一般人がまともに立ち寄れるところではない。問題はそこから無事に無傷で帰還できるかどうかである。その後、森の世俗的活動は加速化し、六〇年代に入るとさらに実業界にも進出し、イベント会社東京企画を立ちあげる。さらに七〇年代に入ると、ニッポン放送の生番組で六年半パーソナリティを務める。そして圧巻なのは、日本各地の民謡、ご当地ソングの作詞を約三百、制作数は八百にも及ぶという。いわゆるヒットメーカーである。

こうした森の身辺に異変が生じたのは九四年に入ってからであった。私は森から「自分の人生の総括として詩集を出したい。編集はすべてあなたに任せる」と大量の詩稿を渡された。場所は銀座の資生堂パーラーで、その時森から数千円もするカレーライスを御馳走になった。おそらく代議士秘書時代、森にとって夜の銀座は自宅の庭のようなものであったであろう。私は森の神妙な面持ちにただならぬ気配を感じその話を承諾したのだが、それは一方で森の命を奪うことになるガンが活動し始めていたことを意味した。つまり、そこでの会合の意味は、森が詩集を作ることで、体内のガンと刺し違えを果たすべく聖なる儀式にあった。その時私は、目の前にいる森に同郷の俠客国定忠治のＤＮＡを感じた。

そして私には、森の詩篇と格闘する日々が続いた。その後二年をかけ、それは『風韻』『青春』『未来』『百花』（いずれも土曜美術社出版販売）の四冊の詩集に結実した。その二冊目が刊行された九六年一月二十六日、東京湾岸の瀟洒なホテルでモリ・モリ出版記念会が開かれた。もう一人の森は早稲田大学教授、記号学の権威森常治で、同時期に詩集『埋葬旅行』（沖積舎）を出していた。森常治は森鷗外の孫である。超俗に生きた一人と世俗の極みの異色詩人カップルに注目が集まり、会場は足の踏み場もない盛況ぶりであった。とくに森菊蔵は満面笑みを絶やさず、それこそ詩人としての幸せを実感していたのではないか。私はその時の森菊蔵の少年のような無邪気な表情を忘れることができない。

森の葬儀は、あれほど八面六臂に世俗を飛び回っていたにしては意外に質素なものだった。森はガン発病後、その最期の数年間で世俗の垢をすべてさっぱり洗い流し、詩人として天国に去っていった。それはやはり、美事な生涯だったと言ってもよい。

筧槇二の詩的遺産

虎は死んで皮を残すというが、詩人が死んで後の世に残すものは言葉である。その死後、あいまいな妥協、体制への従属を基盤に生まれた言葉は一瞬にして泡と化してしまう。一方命を削るようにして生と向きあい、その果てに紡ぎ出された言葉は永遠に滅びることはない。筧槇二が天寿をまっとうしたかどうかは定かではないが、ここには充分過ぎるほどの言葉の恵みがある。まさにもって瞑すべしというべき他はない。

それでは筧の残した言語遺産の中身について考えてみたい。一つはだれもが目につく旧かな（歴史的仮名遣）の使用である。筧はすべての執筆機会に徹底して旧かなを用いた。私などは旧かなの使い方も分からない未熟者で、まずはそうした高等な言語技術を自在に行使できることに驚いてしまうのだが。筧の詩業をたどるとき、

英霊の〝英〟は
すぐれてゐる意味だと思ふのだが
英雄も　英姿も　俊英も

みな同義の〝英〟だと思ふのだが
われわれの見た英霊はどうだ
（「英霊」）

とあるように、旧かなの美学を避けて通ることはできない。現代かなではこうした権力に対峙する迫力ある言葉は作れない。たとえば同じように、立原道造の抒情詩や八木重吉の信仰詩は、旧かなを抜きにして考えられない。

つぎに、前項にかかわるが、徹底した反米主義を貫いたことである。「仮名遣ひについて」（『駄舌の部屋』）の中で、「占領者アメリカ人のツルの一声と、時の宰相吉田茂によつて、内閣訓令告示のかたちで施行され、『改革』と称する国語の変動がはじまつたとき、それを推し進めた人々は、仮名遣ひを変へることは日本人の発想形態をも変へることになると気づいてゐたのだらうか。」と書く。筧の反米主義については、生前最後の小説集『真昼の夕焼け』にも色濃く反映されている。本著の内容は全編遺書にも近い。筧は横浜大空襲を経験し九死に一生を得るが、そこにあるのは戦前・戦後アメリカによって翻弄された一人の生活者の激しい憤りである。筧は個人的には師範学校から国語科教員赴任という、皇国から民主化教育という矛盾の中をさまよう。そこでの筧はあくまで個の力を前面に押出し、かたくなに集団的な力、体制的なものの力を疑う。個の尊厳と自由の確立を理想とし。

この十五年、私は日本詩人クラブで、毎月のように、ときには月に数度、筧にお目にかかり、招集がかかれば横浜野毛の「山脈」の会、順子夫人の新内の会にも馳せ参じた。そんな中で、筧は独特なオーラを放ちわれわれを魅了した。そこで筧は俗（低俗ではない）を信頼する一方、俗を切り離す高等遊民的な生き方をみせていた。いわば、人間裸になれば大同小異という見方で、たとえばたいして力もないのに威張る輩、そうしたスノッブを俎上にあげての論理展開は鮮やかであった。そこには、日本詩人クラブのご意見番の面目躍如たるものがあった。筧は日本詩人クラブでは一目も二目も置かれていた。そうした重みのある詩人が亡くなったことは悲しい。詩人クラブ内が無政府状態になり、へんな内戦が始まらなければいいのだが。もうその混乱を収めてくれるカストロのような筧はいないのだから。

日本詩人クラブ中興の祖

―天彦五男の詩的遺産―

1

九一年春、私の日本詩人クラブ加入の機会を得て、私と天彦五男さんとの親しい交誼がはじまった。当時私は、天彦さんが、同じ詩と美術を専門とする川路柳虹の研究者であることは知っていたが、その二人の時代的な区別もつかないほどの世間知らずであった。初対面で、天彦五男という名前の響きに圧倒されたことを覚えている。なぜなら、私は『戦後詩体系』などによって、そこに登場する天彦さんはすでに一家を為した大御所詩人のように思っていたからである。それが、後で二十代の若者が書いたものであることを知って驚愕した。デビュー当時の天彦さんは、「現代詩手帖」も顔負けの天才肌の前衛詩人であった。

私の入会当時、天彦さんは理事として日本詩人クラブ四十周年記念『日本現代詩選』二五集の編集を担当されていた。しかし、過労で体調を崩されていて、あまりクラブに姿をみせることもなかった。

実は愚生、九月に医師から手術をするように言われ、十月は病院通い、十一月入院、十二月退院と言うことで、出版社との最後のツメを欠いた為、挿入画に印刷ミスがあったりしました。

（広報「詩界」三九号・九一年三月）

この文章から、心身共に疲労困憊した天彦さんの姿が映し出されてくる。例会後の懇親会の席などで、周囲から「天彦さんは本当に戻ってこられるのか」などの言葉が、まことしやかに語られていたのを覚えている。しかし、ここでの肉体的苦難は、けっして一過性のものではなく、最後まで天彦さんの肉体を蝕み続ける予兆となっていったことは論をまたない。物理的年齢でいえば、五十代半ば以降、病魔との同居を強いられたのだからたまらない。ふつうでいけば、うつ病などの精神疾患、若い頃の詩風を実践すべくアナーキーな生活態度に身を崩すということがあっても不思議ではない。しかし、天彦さんは年齢を重ねていくに従い、東洋的な自然との親和を基調に、無垢で清明な詩精神を進化させるようになっていた。私にとっての天彦さんは澄んだ精神の持ち主ということのほかない。

『日本現代詩選』に挿画を入れることについては、国内の日展、二科展、行動展、一水展、二紀展などの公募団体のみならず、無所属作家のものも見て歩き、他に海外各国の美術館めぐりをするなど、美術に造詣の深い天彦さんあってのユニークな発案であったろう。ここにも私淑する川路柳虹の影響があったのだろうか。『日本現代詩選』は二〇一〇年、創立六十周年記念として三五号を数える。アンソロジーに挿画を入れるという仕事は、天彦さんの遺志で現在のそれは小柳玲子さんに引き継がれている。

また、詩人クラブで詩書画展を立ち上げたのも天彦さんであった。

昭和六十年二月に、私が担当理事として、第一回詩書画展を『三菱オートガーデン』で開催してから、十三年の歳月が流れた。それが事業の一環として定着し、第九回詩書画展が銀座・ステージ21ギャラリーで、八月に開催され、詩の朗読も行なわれなければならない運動の一つだ。

（『日本現代詩選』一九集・あとがき）

こうした詩と美術のコラボレーションは同じ美意識という目線に立って、詩の解放につながる貴重な試みである。現在『日本現代詩選』の編集は中井ひさ子さんが担当している。

2

つぎに天彦五男さんの詩歴をすこしみていきたい。一九三七年、東京都文京区本郷駒込動坂町に生まれ、千駄木小、要町小、千川中、独協学園を経て、法政大学経済学部卒。ここから浮かんでくるのは生粋の東京人の印象である。最近、大正・昭和の面影を色濃く映し出した観光スポットとして谷中・根津・千駄木が人気エリア。この界隈は戦災にも遭わずに戦後の大規模開発もなかった。天彦さんの旺盛な反骨精神、粋で喧嘩っ早いところなどは、まさにその江戸っ子のＤＮＡを丸ごと受け継いでいる。
天彦さんと詩との出会いは、まだ二十歳を出たばかり、一九五六、七年頃、沼津の杉山三四郎主宰の「雑流文学」への寄稿であったという。同誌にいたのが、第三回現代詩新人賞の『十五歳の異常者』の藤森安和で、この時期の天彦さんの詩風は大手拓次に加えて藤森からの影響も大きい。五八年、アルバイト先の大手町の電電公社で金子秀夫に会う。すでに金子はガリ版の詩誌「原形」を刊行していて、天彦さんはそれに参加する。
この後の活動については、天彦さん自身の言葉を引きたい。

もし金子秀夫との出会いがなかったら、詩などというけったいなもの、悪女の深情けのようなものに取り付かれずに、違った人生を歩いていたかも知れない。彼らに連れられて川路柳虹宅や、金子光晴宅を訪問した。柳虹とのたった一度の出会いが、私を柳虹年譜の作成など研究者もどきにした。光晴からは詩誌第一次「あいなめ」で小説家になった桜井慈人、アイヌの研究家で優れた詩を書いた新谷行、諸葛孔明や孔子など漫画の原作を書いている竹川弘太郎、詩論に詩に活躍中の暮尾淳など友人と、詩精神を与えられた。柳虹の縁で前田鐵之助、村野四郎、安藤一郎、能村潔、土方久功、山宮允、沢ゆきなどの先達と親しくさせて頂いたのは、幸運としか言いようがない。山宮宅で古川清彦とお目にかかり、お二人の推薦で詩人クラブに入会させて頂いたのも縁であろうか。

（「詩界通信」六号・二〇〇一年九月）

少し長い引用になったが、ここから天彦さんの詩歴と人脈が手に取るように分かる。この他、歌人の花岡謙二とは、文学に加え、碁の弟子になるなど交流も深い。花岡は山村暮鳥のことをよく知る人物として広く知られている。

天彦さんの詩人クラブへの入会は一九六三年頃と早い。盟友金子秀夫は、その天彦さんの推薦で六五年十一月に入会。後に理事長三期、会長を歴任する西岡光秋の入会は六七年八月だから、まさに詩人クラブの生え抜きとしての重い存在が知られる。

天彦さんの素顔に関しては、例会の後の養老の滝などで、先達の戸張みち子さんなどから「東映時代劇の東千代之介」のようであると、その伝説の美男子ぶりを聞かされていた。

九〇年代半ばになると、天彦さんは体調を回復されてクラブにも頻繁に顔を出されるようになった。少し痩せられたようであったが、目鼻立ちのくっきりした容姿は噂どおりであった。たしかに、天彦さんは美男でダンディではあっても、異性にこびるようなことを一切しない孤高の人であった。ただ、「あの女流詩人は美人だ」などと、美への執着は人一倍であった。それは、異性を見るときに限らず、同性への評価にも適用されていたのではないか。いわば天彦さんは邪心をもつ詩人、権威にこび、へつらう詩人には厳しい目を向けた。私はそんな天彦さんの厳しい関門を潜って「お前さん、お前さん」と可愛がってもらえただけでも幸せ者である。

3

そんな敬愛する大先輩の天彦さんと公私ともに一緒に過ごす機会が訪れたのは、二〇〇一年の総会で日本詩人クラブ会長に天彦さんが推された時である。私は天彦さんの指名によって理事長としておつかえすることになった。詩人クラブは五十周年記念行事を終えて、創設期の詩の国際交流、アカデミックとの融合を目指し、新しい方向へと舵取りをはじめていた。そんな時期、天彦さんはこの変革の動きを素早く察知し、さらにこれを新しい方向に具体的に導いてくれた。その素早い決断と実行力は、厳しいビジネスの世界に生きた人の底力を感じた。

天彦さんは、会長就任にあたって、つぎのようなことを述べている。

日本詩人クラブの将来に希求と懸念をいたすことがございます。クラブに事務所の設置が必要と痛感していること。大量に刊行されている詩集もさることながら、資源ゴミとなる詩誌などの保存をどうするか。北上の詩歌文学館だけでなく、関東、関西に現代詩の図書館を設立することは急務だと思います。また海外の詩人の翻訳の流入ばかりでなく、日本の詩人の翻訳を、英、仏、独などで刊行することができないかと考えております。

（「詩界通信」五号・二〇〇一年七月）

ここでは述べられていないが、事務所の設置に先立つものとしてクラブの法人化も提唱された。また、詩人の社会化ということで、建築中の工事現場に詩を掲載するとか、全国の酒造に働きかけ、名簿の広告掲載料をとるとか、斬新な発想でわれわれを驚かせた。詩人はできれば、こうしたビジネスとは距離を置き、ゆっくり酒を呑み交わしたいのが正直な気持ちではなかったか。

天彦会長との二年間は、私にとって言いつくせない思い出ばかりである。法人化の道を探って代々木の司法事務所を尋ねたり、賃貸マンションのビラを渡されたり、翻訳詩集の企画をなんども練り直しをさせられたりと、どれもクラブにとっての未来を照射するものばかりであった。

この中で、後にクラブの法人化、事務所の設置は実現できた。現代詩図書館の創設と翻訳事業は未達成である。

天彦さんは、亡くなられた際に四街道の自宅に万を越える蔵書を所有されていたという。つまり、図書館の設置を待ち望んでの無念の逝去だったことがうかがわれる。

死後の蔵書は奥様に託され、北岡淳子さん、中井ひさ子さん、船木倶子さんが何度も家に行かれ整理を手伝われたという。もうひとつ、翻訳詩集はクラブの宿題として引き継がれていくことになろう。

また天彦さんは、これら詩人の社会化の実現についてつぎのように述べている。

　永田町の常識は非常識だが、詩人団体の常識もまた非常識に思える。国民に奉仕することを忘却してしまった政治家と、奉仕や慈善のみを続けている詩人と、背と腹ほどの違いはあるだろうか？　あえてドン・キホーテ役を最後の務めとする。（略）

　富める人は応分の寄付をお願いしたい。たまたまB氏から多額の寄付を頂いたが、将来に備えて別途預金をした。会としては二千万円程度の財を持たないと、積極的な詩学の興隆はむずかしい。理想と現実の落差はあまりにも大きいが——。（「詩界」）

天彦さんは文学者特有の情緒性と、ビジネスに必須の高い知性を併せ持った詩人であった。頭と心を同時に動かし、二で割るということができた稀有な詩人であった。天彦さんは会長時、体調を崩され築地の国立がんセンター中央病院に入院していたことがある。その時、同じ病棟に入院していたのが田中角栄の名物秘書、早坂茂三氏である。天彦さんは休憩室で早坂元秘書をみつけ、名刺を渡すとともに詩の話に及んだという。このエピソードは詩人とは対極に座する異分野の人間へ臆せず詩で切り込む、すごい芸当だと思った。

天彦さんは自腹を切って自費出版する詩人を好意的に思っていなかった。出版社から話があってのことならともかく、それだけ金の余裕があるなら、他のことに使えということだったのか。しかし、一方で詩人の慈善的行為に敬意を払って、贈呈本をすべて保存するという律儀さも持ち合わせていた。詩人はお金を生まない、しかしお金のために生きていない、このアンビバレンツさを内に秘めて、生前天彦さんは堂々と自分では自費出版はしないという生き方を最後まで押し通したのではないか。

天彦さんにはクラブの顧問として、自らが設計図を描いたクラブの発展を見届けてほしかった。後ろを振り返り、もう天彦さんはいないのだと実感したとき、私はしばし言葉を失った。

天彦さんは大胆な発想と実行力でクラブを近代化した。そのことは、長くわれわれの上に記憶されていくにちがいない。

私に与えられたテーマは、天彦さんと詩人クラブということで予定の枚数が尽きた、作品論については別の機会に論じさせていただきたい。その予告として、とりわけ印象に残った三作品として「プラム」（『鴉とレモン』）、「万国旗」（『風針』）、「時は今――」（『未刊詩篇』）をあげておきたい。

万国旗

巨大な地下の金庫の鍵は錆びついている
煉瓦の湿気の模様は地図より簡潔だ
時計の微粒子を含んで確証はぼやける
変相な扉の軋んで入定しようかと迷執する

破戒という行為が
一本のタバコによって完成するなら
僕は『火気厳禁』を横目に一服する

焦爛の図案が脳天を突きぬけ吹き上げる

しかしガラスの文鎮に写る履歴書は
圧縮され歪んで喘いでいる
僕は馬鹿丁寧に揉み消してポケットにしまう

そして黴くさい万国旗を探しだす
伝統と新興とを自認する広告の飾りつけ
僕は命令され高い所に万国旗をひらつかせる

渇えていた雨が万国旗を絡ましたまま
しだいにぬらしていく
人が雨に食傷した頃
乾ききった万国旗が人に媚を売る

ああ
僕の心の中の万国旗は濡れたまま乾かずに
乾かずに滲んで一つの旗を作り上げていく

（「万国旗」より）

解説

山村暮鳥との黙契

エッセイ集『詩の音』に寄せて

石原　武

　野球少年中村不二夫の投げる速球はおそらく屈折していなかった。不運な運命に生まれながら、彼が還暦の今日まで果たしてきた詩的営為は見事な直球である。抗ってきた生立ちの記憶そのままに、情念の闇は濃く、認識の道筋も複雑にちがいないが、彼の文学表現は迷いなく焦点を結ぶ。すべて明断な直球によってである。その所以はなにか、「中村不二夫論」を書くとすれば、その洞察が必須なことになるだろう。本稿はその問いを念頭において、エッセイの言葉と対話していきたい。

　先ず、筆者を誘惑するのは、本書Ⅳの冒頭にある「11番のバス」という小品である。小さく〈私の好きな場所〉という副題がついている。それにしてもなんと美しい文章だろう。〈美しい〉という形容詞では適当でないかもしれない。もっと決意に満ちた運命的な文章である。抒情的な表白のレベルでなく、ある種の霊感を身と魂において自覚する感動を伝える文章である。その意味で深く抒情的である。

　時代のように寂寞した心を抱えた青年は11番のバスに乗って、いくつも坂を越えていく。やがて礼拝を終えた信徒や学校帰りの女生徒が乗ってくる。聖書と英語のリーダーにじっと目を注ぐ彼女たちあるいは彼女たちの清潔で真摯な表情。青年に変革をもたらすのは、革命だけではない。真摯な表情も、清潔な心も、青年の運命を変えるのである。

「11番のバス」は、中村不二夫の明晰な直球の所以を解く鍵として、本書の中心になっているように思われる。

巻頭エッセイ「エロスと母性の解放―モランテ『アルトゥーロの島』―」を読んでいると、すでに拾い読みしていた本書Ⅳの「中島敦とヨコハマ」という文章の呼吸が熱く感じられる。主人公アルトゥーロの孤独と煩悶はどうしても中村不二夫を連想させ、継母ヌンツィアータの像姿を伝える中村の呼吸は、幼い彼を残して去った母への潜在的な思慕と無縁ではないように思われる。中村不二夫が完璧に封印したはずの母性への憧憬が、ヌンツィアータの聖母を敬仰する表情を官能的にする。敬虔な信仰とエロスが女性なるものの深い神話性を彼に自覚させる。フェミニズム運動の主張を必ずしも首肯しない中村の心情の根拠もそこにあるのだろう。

幾層にも分かれた暗い書庫に　一人入り
ぼくはいつになく不思議な光りに包まれていた
後ろにその人が立っていた　あの日のままの姿で

（「未来」冒頭部分、詩集『コラール』所収）


「亡き母に」と献辞された詩篇の中に入っていくと、中村不二夫の信仰と詩の道筋が、アルトゥーロの孤独とヌンツィアータの母性との関係を比喩として、筆者には感動的に伝わるのである。

周知のように、中村不二夫は名著『山村暮鳥論』（一九九五年、有精堂出版）によって、詩の成熟を得た。

その暮鳥論の巻頭に、「神の位置に座するとされる伝道師が、そこの自己実現を至上とする文学活動を両立させることの困難さ」について書いている。そして、その論考の力点を「神と自らの文学の一致をはかるために葛藤していた」と、神の秩序と詩の謀反の相克に置き、精緻な論証で詩人・暮鳥の境涯に迫っている。

その文学研究への心身を賭した精進が、中村不二夫の凛然とした知性と感性を培ったように思われる。その意味で、彼の危機に際して進むべき指針を与えたI司祭と、幼い日に彼の胸に詩の天使（暮鳥の「雲」）を住まわせてくれた担任の先生についての文章「暮鳥と私」は感動的である。

八ヶ岳山麓で開拓伝道に生きる山本護牧師の音楽への心酔と理解を綴った「詩的芸術の世界化と音楽」という文章も、山村暮鳥が点す灯火の深さを思わせずにおかない。中村の解説によれば、「山本護の音楽は、かつての讃美歌に始まる西欧から東洋という平面的な受容方式を、一度西欧と東洋の混沌の中に還元し、そこから世界に向けて再度発信するという形態を示す」のだという。そして、そこから聴こえてくる人種や階層、時代を越えた旋律に着目する。「なぜ現役の牧師が、このような前衛的な伝統破壊、原則否定を公然と試みているのであろうか」と問う中村の想念は山村暮鳥の前衛詩集『聖三稜玻璃』に走る。その上で啓示的に山本牧師の音楽への熱い共感を書く。

「森英介『火の聖女』」という文章も忘れ難い。挫折した哲学徒、森英介は敗戦後の混乱の中、放浪の果てに、上野駅の地下道にむらがる戦災孤児の救済に献身する聖女に出会う。彼にとって地獄でめぐり合った聖女マリア。彼は彼女によって救われる。詩集『火の聖女』は地獄から森が歌う聖女への頌歌だと、中村は言う。

わたくし
べつのくにへゆきたいのです

この冬のむかうに
べつのくにがあるのではありませんか

よんでください
おしへてください

（「冬」冒頭部分）

自ら印刷工として植字したこの詩集を見ないまま、三十四歳で急逝したという森英介の悲痛な聖女頌歌を中村の記録から写しながら思うのは、戦後の現代詩の体系が揺すり落したこの宗教詩を、手に取り天の明かりにかざす中村不二夫の明晰な詩の叡智である。敢えて言えば、詩人中村不二夫が授かっているある種のインスピレーションのことである。

中村は一九九二年秋以来、大阪の月刊詩誌「柵」（志賀英夫主宰）に毎月一度の中断もなく、「現代詩展望」を書き続けている。彼は果敢に日本の様々な地域の詩誌から詩の声を捉え、詩の情況を洞察する。勿論、同時代の詩表現の土壌は玉石混淆、それを承知で彼は詩の混沌を踏まえる。それは山本護牧師の音楽が広範な音域の混沌を包摂しているのに相通じている。そしてその音楽が聴くものを深く透明な世界へ導く宗教的な道筋を得たように、詩の混沌を踏まえた作業によって、中村不二夫の詩的叡智は鍛えられ、確かな詩の筋力を得た。詩集『コラール』が見せたのは、したたかな詩的筋力と啓示的なインスピレーションであった。たとえば、筆者はその中の絶唱、「星の留守番」に触れたい欲望を抑えられない。「木島始氏追悼」として書かれた詩篇。この詩は次のように終わっている。

最後にその人が落葉松林に消えていくのを見た
その人は大きな手を振っていた　旗のように
ぼくの耳に　星の留守番を頼むと声が聞こえた
今日も永遠は人を待たず　時を刻み続ける
町はまるで巨人が去った後のような静けさだ

中村不二夫の詩の仕事について書くとき、「星の留守番」とその啓示的なインスピレーションのありようは外せないという思いがあって、敢えて頁を割いた。

Ⅱ章に収録された〈詩人と詩の情況〉への中村の関心は旺盛で、非力な筆者には追いついていけない。従って、本書の詩集評、詩人論への言及は容赦願うしかない。ただ、「乾河」の詩人朝比奈宣英について触れた文章を目にして、戦争の地獄を生きた先輩詩人の、時代の鉱脈のような言葉の手触りに感じ入る中村の感受性はさすがだと思った。

二〇〇四年炎暑、中村不二夫は「地球」グループを中心にした詩人団に加わり、シルクロードの天山南路をウルムチ、トルファン、さらに西の果てカシュガルまで辿り、中国、特に新疆ウイグルの詩人たちと交流した。その第九回アジア詩人会議で、彼は文明論を語った。Ⅴ章の「現代文明と宗教の超克」という文章はその要旨である。当時、アメリカの政治学者サミュエル・ハンチントンの『文明の衝突』が与えた衝撃は大きかった。「イデオロギーの対立の後に来るのは、西欧対非西欧の文明間対立だ」という彼の予言は二十一世紀の世界秩序を読み解く指標として、とくに日本においては熱狂的に迎えられていた。ところが、中村不二夫は「本当に文明は対立するか」と、詩人会議の聴衆に問うた。詩人であるなら、ハンチントンの実利的な分析に加担すべきでないとする中村の論理は明晰であった。東洋の多神教を主体とする「森林の思想」と、一神教を主体とする西欧的な「砂漠の思想」の調和と共生への志向を謳うのが詩人の仕事であるというのである。まさに混沌を踏まえたタゴール的発想である。敢えて言えば、山本護牧師の音楽、そしてなによりも、詩人の仕事についての深い認識の基調には山村暮鳥との黙契があったにちがいないと思われる。

筧槇二と天彦五男、この懐かしい二人物故詩人へ敬意を捧げて、中村不二夫は本書『詩の音』を閉じている。詩の志の遥かな木霊が聞こえる。

あとがき

一九九三年に、加藤幾恵社主の土曜美術社から詩論・エッセイ文庫『詩のプライオリティ』を出版してもらって以来、つねに詩作と並行し、さまざまな媒体から求められるがままに詩論・エッセイを発表してきた。その意味で、私の詩論・エッセイの原点として『詩のプライオリティ』は忘れることのできない一冊である。

詩は実用言語になじまない詩言語を使用する抽象芸術で、元来それだけで完成されているはずである。よって、それに注釈を付けることにどれだけの意味があるのか悩む。その意味で、ここで取り上げた当該詩書をぜひ手に取って読んでほしい。それは音楽や文学作品に対しても同じことで、読者には今回のエッセイ集に収録した山本護氏のチェロをお聴きいただくことをお勧めしたい。それは中山エツコさんの翻訳小説『アルトゥーロの島』にも同じことがいえる。そうしないと、ここで拙著を世に出す意味が生きてこない。

おそらく、これまでどんな書評に関しても楽しく書くことなんてことはできなかったし、これからも苦難の連続であるにちがいない。それでも、どんなテーマであっても、書き上げた後に味わう一瞬の喜びは、それを体験したものでないと実感できない。いわばそれは、ふらふらになってゴールテープを切る長距離ランナーの心境にちかい。もともと私は現実面でも長距離を走ることが好きなので、ついつい自信もないのに依頼に応じてしまう。

今回のエッセイ集は、『詩のプライオリティ』以降に書いたやや短めの詩集評、それに身辺雑記的なものを入れて構成してみた。パソコン内のデータを整理していくと、まだまだ本著に収録し切れないものがたくさんあり、これらについては別の機会に委ねたい。今回の装画は長年の夢であった二科会会員、審査委員を務める渡辺亘章氏にお願いした。これまでなんどか渡辺氏とは、日本詩人クラブ詩書画展でコラボさせていただいている。

最後に土曜美術社出版販売の社主、高木祐子さんのご配慮に感謝申し上げたい。

二〇一〇年九月三十日

中村不二夫

・初出一覧

Ⅰ

エロスと母性の解放　「ＥＲＡ」３号　二〇〇九・一〇
荒木一郎の歌と時代　「ＥＲＡ」５号　二〇一〇・一〇
詩的芸術の世界化と音楽　山本護ＣＤ作品『十字架と復活の音楽』二〇〇八
山本護の叙事的戦慄世界　山本護ＣＤ作品『基督變容』二〇〇九
暮鳥と私　「詩と創造」３号　一九九二・一二
土屋文明記念文学館　「短歌現代」一九九七、二月号
今甦る、前衛詩人山村暮鳥の輝き　毎日新聞夕刊　二〇〇五・二・四
室生犀星　「詩と思想」一九九四、九月号
森英介『火の聖女』　「詩と思想」二〇〇〇、八月号
ボルヘスの隠喩と祈り　「詩と思想」二〇一〇、七月号

Ⅱ

美しい魂の持ち主の詩と生涯　「信徒の友」一九九五、一二月号
『自伝　ホセ・カレーラス』奇跡の復活　「信徒の友」一九九八、四月号
詩画集『小さな祈り』　「信徒の友」一九九八、六月号
『韓国三人詩集』具常／金南祚／金光林　「信徒の友」一九九八、七月号
目には見えない文字の力で真実をとらえる　「信徒の友」二〇〇〇、一〇月号

戦争からの永い生について　「柵」163号　二〇〇〇・七
詩的言語宇宙と風　「青い花」35号　二〇〇〇・三
詩集『イラク戦詩　砂の火』の刊行意義　「花」35号　二〇〇六・一
新たな批評への視座　「BLACPAN」87号　二〇〇四・六
タロットカードが告げる真実　「木々」31号　二〇〇五・四
巨星三浦清一の詩と生涯　「熊本日日新聞」　二〇〇五・九・一一
曼陀羅宇宙の言語空間　「青い花」53号　二〇〇六・三
抒情の痛みと超越　「花」39号　二〇〇七・五
清明な抒情が放つ光彩　「上毛新聞」二〇〇七・六・一三
中世捨聖の体現と展開　「青い花」58号　二〇〇七・十一
多田智満子　比喩の森と言語宇宙　「詩と思想」二〇〇九、一一月号
キリスト教精神と言語的超越　「青衣」129号　二〇〇九、五
生活思想詩の先駆けと開拓　「青い花」65号　二〇一〇・三
メルヘンの国から来た妖精　「日本未来派」220号　二〇〇九・一一

Ⅲ

二十一世紀と自然環境　「詩と思想」一九九二、一一月号
詩壇時評　「短歌現代」一九九七、四月号~九八、三月号
女性詩の正統と現在　「裳」100号　二〇〇八・二
戦後詩・その終わりの始まり　「詩と思想」　二〇一〇、一・二月号

現代詩の未来への提言　「PO」132号　二〇〇九・二

Ⅳ

11番のバス　「横浜詩人会通信」221号　一九九六・一二

戦後詩と古書　「詩と思想」一九九七、三月号

私の中の解放区　「横浜詩人会通信」229号　一九九八・一二

横浜の詩と坂　「横浜詩人会通信」242号　二〇〇二・三

人生で最高の一日　「空想カフェ」7号　二〇〇一・一二

中島敦とヨコハマ　「ERA」7号　二〇〇六・九

抒情の使者たち　「撃竹」30号　一九九二・六

その死彗星のごとく　「貝の火」14号　二〇〇三・三

私の詩の原点　「パンと薔薇」103号　一九九四・八

Ⅴ

世界詩人会議に出席して　「地球」118号　一九九七・六

詩誌「地球」が開く二十一世紀の扉　「地球」127号　二〇〇一・六

一九九〇年代後期日本の詩の状況　「地球」133号　二〇〇三・七

現代文明と宗教の超克　「地球」138号　二〇〇五・六

夢のシルクロード異聞　「えでん」終刊号　二〇〇五・三

アジア環太平洋詩人会議の意義　「地球」141号　二〇〇六・六

最後の詩壇人土橋治重　『土橋治重を語る』　二〇〇六・六

反骨詩人の系譜と継承　「詩学」二〇〇七、六月号

「東京詩学の会」の頃　『齋藤怘詩全集』解説　二〇〇七・六

『土橋治重を語る』を読む　「花」37号　二〇〇六・九

物故詩人列伝　森菊蔵　「パンと薔薇」127号　二〇〇八・二

筧槇二の詩的遺産　「山脈」125号　二〇〇八・一〇

日本詩人クラブ中興の祖　『天彦五男詩全集』解説　二〇一〇・八

著者略歴

中村不二夫（なかむら・ふじお）

一九五〇年横浜生。一九七四年より東京在住。

・既刊著書

詩　　集　一九九〇年『Ｍｅｔｓ』（土曜美術社）

二〇〇〇年『アンソロジー中村不二夫』（土曜美術社出版販売）

二〇〇一年『使徒』（土曜美術社出版販売）

二〇〇七年『コラール』（土曜美術社出版販売）他

詩 論 集　一九九三年『詩のプライオリティ』（土曜美術社出版販売）

一九九五年『山村暮鳥論』（有精堂）

二〇〇三年『戦後サークル詩の系譜』（知加書房）

一九九八〜二〇一〇年『現代詩展望Ⅰ―Ⅵ』（詩画工房）他

共 編 著　二〇〇八年『詩学入門』（土曜美術社出版販売）

現在、「詩と思想」編集委員。

所属詩誌　「ふーず」「ＥＲＡ」「柵」

現 住 所　〒107-0062　東京都港区南青山5―10―19　真洋ビル9Ｆ

電話　03―3407―3203

エッセイ集　詩《し》の音《おと》

発行　二〇一一年九月十日

著者　中村不二夫

装幀　木下芽映
発行者　高木祐子
発行所　土曜美術社出版販売
〒162-0813　東京都新宿区東五軒町三―一〇
電話　〇三―五二二九―〇七三〇
FAX　〇三―五二二九―〇七三二
振替　〇〇一六〇―九―七五六九〇九
印刷・製本　モリモト印刷
ISBN978-4-8120-1863-7　C0095